세월호와 함께 사라진
304개의 우주

416 단원고 약전 **짧은,** 그리고 **영원한 12** 권

세월호와 함께 사라진 304개의 우주

그리고

경기도교육청 약전작가단 지음
경기도교육청 엮음

굿플러스북

발간사

《단원고 약전》으로 영원히 기리다

'기록하지 않은 기억은 망각되고, 기록은 역사가 된다.' 우리가 오늘 그날의 이야기를 기록하는 이유입니다. 단원고 학생과 교사 261명을 포함해 모두 304명의 목숨을 앗아간 4.16 세월호 참사. 그들의 못다 한 꿈을 영원히 기억하고 우리의 책임을 통감하며 후대에 교훈으로 남기기 위해 이 참사를 기록하게 되었습니다.

'세월호'의 기록은 우리 시대의 임무입니다. '세월호'를 하나의 사건으로만 기억하지 않고 역사의 기록으로 남겨야 하는 이유는 가장 소중한 가족을 잃은 사람들의 비통함 때문만은 아닙니다. 안전 불감증이라는 사회적 성찰과 국가의 부끄러운 안전 정책은 물론 역사의 진실을 제대로 알리고자 하는 마음이 모여 한 장 한 장 피맺힌 절규를 담게 되었습니다.

희생자 한 명 한 명의 삶과 꿈, 그 가족과 친구들의 기억을 기록하는 데 그치지 않고, 어떻게 기록해야 진실을 올곧게 담아내고 가장 많은 사람들과 이 기억을 공유할 수 있을까를 생각했습니다. 그래서 이번 참사의 아픔을 함께하고, 우리 시대의 사랑과 분노, 희망과 좌절을 문학 작품으로 기록해 온 작가들을 약전 필자로 모셨습니다. 아무리 훌륭한 작가가 있다 해도 아들딸, 형제자매를 떠나보낸 가족들이 이들을 만나서 이야기해 주지 않았다면 단 한 줄도 기록할 수 없었을 것입니다. 약전 발간에 대한 가족들의 관심과 참여가 1만 매가 넘는 원고를 만들어 낸 가장 소중한 밑거름이 되었습니다.

약전 작가와 발간위원들은 가족들이 있는 합동분향소, 광화문광장, 팽목항으로 찾아가 묵묵히 그 곁을 지키며 함께했습니다. 눈을 마주치고 짧은 인사를 나누고, 그렇게 시작해 몇 시간씩 마주 앉아 함께 울고 웃으며 '지금은 천 개의 바람이 되어 버린 그들'에 대한 이야기를 나눴습니다.

이렇게 12권의 책이 만들어졌습니다. 경기도는 물론 전국 방방곡곡에서 단원고 학생과 교사들의 삶을 약전을 통해 다시 만나고 그들과 함께할 것입니다. 그들의 꿈과 미래가 영원히 우리 곁에서 피어나길 기원하며, 이 시대를 살아가는 모든 분께《단원고 약전》을 바칩니다.

2016년 1월

경기도교육청

기록의 소중함

《삼국유사》가 전승되지 않았더라면 천년 이후에 우리는 신라의 향가를 비롯해 우리 고대의 역사, 문화, 풍속, 인물들을 어떻게 추론할 수 있었을까? 모두 알다시피 정사인 《삼국사기》와 달리 《삼국유사》는 최초로 단군신화를 수록하고 학승, 율사와 같은 위인의 전기뿐만 아니라 선남선녀들의 효행을 기록했다. 우리가 진정 문화 민족의 후예임을 밝혀 주는 보물 같은 기록이다.

사마천의 《사기》 역시 마찬가지로 문명사회의 시원과 중국 고대사를 비추는 찬란한 등불이다. 그리고 나아가 이제는 인류의 공동 자산이 되었다. 흥미로운 것은 방대한 《사기》에서 가장 많이 사랑받는 부분은 '제왕본기'가 아니라 당대의 문제적 인간들의 이야기를 엮은 '열전'이다. 지배 계층 인물보다 골계 열전에 엮은, 당시 민중의 살아 숨 쉬는 모습이 압권이다. 실로 이천여 년 전의 인간이라 믿기 어려울 정도로 사실적이다.

《삼국유사》와 《사기》 안에 부조된 인간사는 현대에도 부단히 여러 예술 장르로 부활, 변용되고 있다. 기록은 그토록 소중한 작업이다.

세월호 참사에 대한 보도, 영상물을 비롯한 기타 자료 등은 넘치고 또 넘친다. 해난 사고가 참사로 이어지는 과정에 대한 탐구, 분석, 평가 또한 앞으로 이어질 것이다.

'바다를 덮친 민영화의 위험성', '무분별한 규제 완화', '정부의 재난 대응 역량' 등의 문제는 정치의 영역일 터이다.

우리 139명 작가들과 6명의 발간위원들은 4.16 참사라는 역사적 대사건의 심층을 들여다보고 이를 기록하고자 했다. "잘 다녀올게요" 하고 환하게 웃으며 수학여행을 떠난 그들이 어떤 꿈과 희망을 부여안고 어떤 난관과 절망에 부딪치며 살았는지 있는 그대로 되살려 내고자 했다. 여기에는 결코 어떤 집단의 유불리나, 하물며 정치적 의도 같은 것이 있을 리 없다.

파릇한 나이에 서둘러 하늘로 떠나 버린 십대들의 삶과, 또한 이들과 동고동락한 선생님들의 생애를 고스란히 사실적으로 담았다.

로마의 폼페이 유적지에서 이천여 년의 시간을 뚫고 솟아난 한 장의 프레스코화는 실로 눈부시다. 머리 빗는 여성의 풍만한 몸매와 신라 여인을 연상시키는 의상, 그리고 이를 바라보는 어린 아들의 익살스런 포즈는 그 시대를 단번에 현대인에게 일러 준다.

프레스코화 기법의 핵심은 젖은 회반죽이 채 마르기 전에 그리는 것이라고 한다. 우리 역시 비극의 잔해가 상기 남아 있는 시기에 약전을 쓰려고 했다. 무척 고통스럽고 슬픈 작업이었다. 작가들은 떠나간 아이들과, 그리고 남아 있는 부모와 가족, 친지들과 함께 다시 비극의 한가운데 오래 머물러야 했다.

'왕조실록', '용비어천가', 《삼국사기》가 역사 기록이듯 '녹두장군', '갑오동학혁명', 무명의 여인들이 쓴 형식 파괴의 '사설시조' 등도 전통의 지평을 넓히는 우리 문화유산이다. 평가와 선택은 후세가 할 것이다. 우리는 다만 동시대인으로서 비극에 얽힌 인물들의 이야기를 기록한다.

함께 별이 된 아이들과 교사들이 하늘에서 편하시기를 기도하며, 고통스런 작업에 참여해 주신 가족, 친지분과 작가 여러분께 깊이 감사드린다.

2016년 1월

유시춘 (작가, 약전발간위원장)

．
．
．

"적극적으로 과거의 기억과 마주서서
화해할 때 진정으로 자유롭게 하고
평화와 치유를 경험할 수 있다"

종교인, 시인, 작가들이
이 약전 작업의 의미를 성찰해 본다.

기억을 넘어서
치유와 회복으로

김 영

목사, 시인

그동안 세월호 참사 이후로, 우리 사회는 숱한 외침과 분노, 슬픔, 고통, 죄책감, 후회, 오해, 비난의 어둠 속을 헤매고 있었다.

왜? 어떻게? 누가?
이런 질문을 수없이 하며 답을 얻어 보려고 몸부림도 많이 쳤다. 아직도 터널은 끝이 안 보이고 바다는 너무 깊은데……

이런 말이 생각난다.
"이 세상에서 주목할 것은 우리가 어디에 있는가가 아니고 우리가 어느 방향으로 움직이고 있느냐는 것이다." (올리버 홈스)

이제 우리는 참사의 심연에서 빠져나와야 한다. 우리는 가야 할 곳이 있다. 그리로 향해 움직여야 할 때다. 치유와 회복을 향해서. 우리를 인도해 줄 나침반이 있는가? 그 나침반 역할을 놀랍게도 '이야기'가 할 수 있다고 필자는 믿는다.

'이야기'는 치유의 열쇠를 지니고 다니다가

진실로 '듣는 이'를 만나면 그 앞에 치유의 열쇠를 떨어뜨려 준다.

위의 인용은 필자가 지난 25년 동안 치유 목회의 도구로 발전시켜 온 삶의 이야기 하기(Story Telling)와 듣기(Story Listening)를 통해서 체험한 진실이다. 이야기는 반드시 듣는 이가 필요하다. 듣지 않으면 할 수 없고, 하지 않으면 이야기는 세상에 태어나지 않으므로 없다. 곧 역사(His-Story/ Her-Story)가 없다.

역사는 약자의 입장에서 정의로운 해석이 가능하다. 그래서 기독교는 예수가 늘 그랬듯이 약한 자의 이야기를 더 경청해야 한다. 이때의 경청은 물리적 또는 직업적 차원을 넘어 영적 차원에서 행해지는 것(Holy listening)이다. 이 경청은 산파 역할을 해주므로 슬픔의 진통을 감당 못 하는 사람들에게 이야기를 순산할 수 있도록 돕는 역할을 한다.

2014년 4월 어느 날 나는 뉴욕의 화창한 하늘 아래서 날벼락 같은 세월호 참사 소식을 들었다. 재미 한인 동포들은 충격 속에 경악을 금치 못했다. 맨해튼을 활보하기에는 너무나 슬프고 부끄럽고 위축되었다. 서로에게 뉴스를 전하려 해도 입이 잘 열리지 않았다.

몇 개월 후 귀국하여 신앙생활을 함께했던 교우들과 매주 예배 후 청운동과 광화문에서 세월호 유가족들 곁에 합세하기도 했으나, 가서 무슨 말을 할 수도 안 할 수도 없는 상황에 처하곤 했다. 그때마다 내 마음 속에는 내가 해 온 일인지라, 저 부모들의 '이야기'를 어떻게 들을 수 있을까? 저 아픈 가슴을 누가 열어 살펴주나? 홀연히 못 올

길로 떠나 버린 사랑하는 아이들의 영혼을 어찌 위로하나? 그 참혹한 이야기를 누가 이끌 수 있으랴? 이런 생각이 내 마음 깊은 곳에서 맴돌았다.

무슨 대책이 필요하다고 생각했다. 그냥 넘어 갈 수 없는 사회적 과제라고 여겼다. 누군가가 해야 되는 일. 그 누군가를 어디서 찾나 하는 고민을 꽤 길게 하는 동안 시간만 흘러갔다.

그러던 어느 날 그 누군가 내 앞에 나타났다.
나는 그를 만났다는 사실이 놀랍고 감사했다.
그가 바로 내가 찾던 '그 누구'였다.

《416 단원고 약전》이라는 부제가 붙은 견본 책 한 권을 내 손에 쥐어 주며 원고를 부탁하는 약전발간위원. 그들이 하는 일에 대한, 그런 일에 나선 필자들에 대한 신뢰감 때문에 나는 거절할 엄두도 못 내고 집으로 왔다. 초록빛 꿈과 사랑을 남겨 두고 떠난 단원고 청춘들의 '이야기'가 내 품에 이렇게 안기다니…… 지금도 돌아보면 가슴이 저린다.

책을 펼치자 사진들이 먼저 내 눈에 들어 왔다. 아 귀엽고 잘생긴 얼굴들, 엄마 아빠 무릎에 앉아 방끗 웃는 아기 적 사진들, 브이자 만든 손가락에 늠름한 표정, 상을 받는 자랑스러운 모습, 동아리 친구들과 함께 행복하게 찍은 사진, 볼 때마다 가슴 저린 사진…… 이런 얼굴들이 없는 세상이 되다니…… 그리움이 사무쳐 보고 싶은 얼굴을 차마 오래 쳐다볼 수 없다. 목이 멘다. 보고 싶다. 만지고 싶다 우리 아들아 딸아!

엄마 아빠 누이 동생들은 각자가 남몰래 그 빈방을 자꾸 들여다볼 게다. 주인 잃은 공부방을 지키고 있는 유품들의 침묵은 무엇을 말하고 있는가? 광화문광장에 걸린 책가방, 새로 산 점퍼, 때 묻은 운동화, 읽던 책, 안고 자던 인형 등 아이들 몸에 닿았던 모든 것이 새삼 눈물겹게 귀해진다.

유족들의 쓰린 가슴을 기억하며 우리 사회는 이 약전을 귀한 선물로 받을 것이다. 인터뷰와 대화를 통해 유족의 이야기와 감정을 세상에 내놓을 수 있도록 이끌어 고진감래의 결과를 얻은 140여 작가분들!

이 막중한 작업이 차질 없이 진행되도록 독려와 응원과 점검으로 애타며 실무를 감당해 주신 발간위원들! 오죽하면 '상처에 소금 뿌리는 것만 같은 심정'이라 했을까? 그 '잔인한 선행', 역사적 임무 수행에 독자로서 한 시대를 함께 살아가는 시민으로서 감사하며 박수를 보낸다. 이제 '이야기'만이라도 바다 심연에서 건져 올렸으니 다소 위로가 된다.

우리 아이들이 유산으로 남긴 꿈과 사랑이 남은 우리들과 함께 나날이 자라 열매 맺을 것을 나도 꿈꾼다.

건강한 현재를 살기 위해서는 비극적 상처의 기억으로부터 치유받아야 한다. 해방되어야 한다. 기억에서 해방되고 치유된다는 말은 기억을 지워버리는 것이 아니고 어떤 기억에 얽매어 사는 사람을 그 기억으로부터 자유롭게 한다는 뜻이다.

이 자유는 도피가 아닌 적극적 대결을 의미한다. 적극적으로 과거의 기억과 마주서서 화해할 때 진정으로 자유롭게 되고 평화와 치유를 경험할 수 있다. 악몽의 유대인 대학살(Holocaust) 기억에서 해방되기 위해 그들은 오히려 '적극적 기억'을 역사적 사명으로 생각했다.

이 일에 투철한 사명감을 가지고 문학적으로 공헌한 유대인 엘리 비젤(Elie Wiesel)은 1986년에 노벨 평화상을 수상하게 되었다. 민족애를 넘어서 인류애의 표현으로 집요하게 해 온 그의 '스토리텔링'에 대해 세상이 반응한 것이다. 그가 노벨상을 수상하던 해 필자는 보스톤대학교 신학교에 재학 중이었다. 나의 전공은 아니었지만 나는 그가 가르치는 과목들을 수강할 수 있는 행운을 가졌었다.

그는 가르침을 통해서 그의 몸과 영혼이 잠시도 그 기억을 떠나지 않고 있음을 전했고, 그의 슬픔을 느끼면서 내 자신도 그 사건을 잊을 수 없게 되었다. 그는 나치 캠프에서 자신의 아버지가 살해당하는 모습을 목격했고 자신은 생존자로 남은 뒤, 자기 민족의 비극이 온 인류의 비극임을 기억하라고 끊임없이 외치고 그 악몽의 경험을 그의 저서 《그 밤(The Night)》에 담아냈다.

기억이 인류를 구할 것이다. 나는 기억하기 때문에 절망한다.
나는 기억하기 때문에 절망을 거부할 의무가 있다.
악에 대한 기억이 악을 막는 방패가 될 수 있다.
그러나 기억은 희망과 연대하지 않으면 안 된다.

비젤은 절망과 악의 경험 속에서 희망을 말한다. 그는 "세상에서 가장 큰 악은 분노나 증오가 아니라 무관심이다"라고 말했다. 또 이 세대가 직면해야 할 긴급한 역설적 질문을 하고 있다. "우리는 기억에 대한 중대한 의무와 또 한편 생 가운데서 잊어야 할

　　　　　　　　　　　기억을 넘어서 치유와 회복으로

필요를 어떻게 조화시켜 나갈 것인가?" 기억하기 때문에 '이야기'해야 하는 우리 모두를 위하여 필자도 비젤과 함께 이 질문을 던진다.

우리에게 안겨진 슬픔을 떨쳐 버릴 수는 없다. 이제부터 우리는 회복과 치유를 향하여 슬픔과 동반하는 여행을 시작해야 한다. 슬픔은 두 가지 형태로 표현되는데 그 차이를 잘 인지하지 못하고 다루는 것이 통상적이다. 그 하나는 깊은 개인적 슬픔(grief)이다. '개인적'이란 말은 같은 참사를 당했더라도 한 특정인이 겪는 슬픔은 고유하다는 뜻이다. 아무의 슬픔과도 같을 수 없다. "나도 자식을 잃었어!" 하는 말은 전혀 위로가 안 된다. 그 슬픔은 누구와도 공유될 수 없기 때문이다.

또 하나는 사회적으로 함께 애도하는 슬픔(mourning)이다. 장례식이나 묘지 참배 등이 이것이다. 이때는 사회적, 공동체적, 가족적인 애도 속에 검정 상복을 입는 등 외형적 격식이 중요하며 거의 의무적이다. 여기서 개인의 슬픔은 간과되기 쉽다. 훌륭한 장례를 치렀다고 이 개인적 슬픔이 끝날 수는 없다. 개인적 슬픔이나 고통이 치유되어야 정상 생활로 복귀 가능하다.

회복과 치유의 언어는 다양하나 그 본질은 같다.
깨진 꿈 터진 가슴을 수선하는 것
두려움을 떨치고 일어나는 것
몸, 마음, 신앙을 새롭게 하는 것
다시 희망을 찾는 것
붕괴된 삶을 재건하는 것
죄의식에서 자존감을 찾는 것

우리 안에 아직도 좋은 것, 살아갈 힘이 남아 있음을 인식하는 것 등이다.

누구라도 기억해야 할 것은 하느님, 절대자는 어떤 값비싼 제물(성물)보다 인간의 찢긴 가슴을 기쁘게 받으신다는 것이다. 즉 상처 난 가슴과 가장 가까이하고 싶어 하신다는 말이다. 그리고 또 한 가지 기억할 일은 예수의 관심인 '이웃을 사랑하라'는 교훈을 '이웃의 이야기를 들으라'로 해석해도 적절한 우리의 현실임을 필자는 상기시키고 싶다.

더 나은 세상으로 함께 가기 위해서, 우리 기억하자!

기억을 넘어서 치유와 회복으로

역사 없는
이들의 역사

김진경

시인. 소설가

세월호 사태가 한창 전개되던 과정에서 모 정치인 아들이 세월호 사태에 항의하는 유족들을 시체 장사나 하는 미개인이라는 투로 비난했다가 크게 곤욕을 치른 적이 있다. 물론 그 모 정치인은 아들이 실수한 거라고 눈물을 흘리며 사과했다.

한데 그 직후 그의 부인이 억울하다는 투로 아들을 옹호하는 듯한 발언을 해서 또 문제가 되었다. 그리고 얼마 지나지 않아 이번에는 총리 후보가 한 '한국 사람은 게으르고 미개하다. 그러니 일제의 지배를 받은 건 하느님의 뜻'이고 '6.25라는 동족상잔을 겪고 미국을 만난 건 하느님의 축복'이라는 투의 발언이 문제가 되어 낙마했다.

이 정도 되면 '진심은 농담이나 말실수를 통해 드러난다'는 프로이트의 지적이 아니라도 그들의 발언이 진심을 드러낸 게 아닐까 하는 의구심이 들 수밖에 없다.

도대체 우리 사회의 주류를 이루는 보수 엘리트들은 국민을 어떻게 생각하는 걸까? 그들이 생각하는 역사란 도대체 무엇일까?

헤겔은 '세계사는 절대정신(신)의 자기 전개 과정으로서 청년기(고대 그리스, 로마)를 거쳐 게르만 세계(근대 유럽)에 이르러 완성된다'고 했다. 물론 역사가 없는 아메리카 아프리카 대륙과 유아기에 계속 머물러 있는 동양은 이 세계사에 포함되지 않는다. 신의 뜻에 의해 유럽만이 문명화된 역사를 이룩하여 세계사에 속하고, 아메리카와 아프리카, 동양은 역사 없는 미개한 상태에 있어 세계사에 속하지 않는다는 것이다. 철저한 유럽 중심의 역사 논리이다.

헤겔의 이러한 유럽 중심 역사 논리는 서구 제국주의 국가들이 아시아와 아프리카 대륙을 침략하던 시기엔 식민 지배를 합리화하는 논리가 되었다. 헤겔의 역사 논리에 따르면 일찍 문명화되어 세계사에 속한 유럽 국가가 역사 없는 미개한 상태의 아시아 아프리카 국가를 지배하는 것은 당연하고 그 국가를 문명화하기 위해 은혜를 베푸는 것이 된다. 일제의 식민 지배 논리 역시 헤겔 역사 논리의 연장선 위에 있다.

일본은 일찍 서구 문명을 받아들여 문명화되었고 그럼으로써 세계사에 속하게 되었다. 그러니 세계사에 속한 일본이 역사 없이 미개한 상태에 있는 조선을 지배하는 것은 당연하며 조선을 문명화하여 은혜를 베푸는 것이 된다.

로스토우의 '경제 발전 단계론'에 근거를 두고 있는 한국의 경제 근대화 논리 역시 식민주의의 겉모습은 벗었지만 헤겔의 역사 논리를 벗어나 있는 것은 아니다. 로스토우의 경제 발전 단계론은 미국과 소련이 대치하던 냉전 시대에 제3세계 국가들이 사회주의로 기우는 것을 막기 위해 미국에서 제시한 논리였다.

후진국도 미국 같은 선진국을 모델로 열심히 노력하면 일정한 단계들로 이루어진

압축적 성장 과정을 통해 선진국처럼 잘살 수 있으니 사회주의로 가지 말라는 거였다. 헤겔식으로 말하자면 아직 덜 문명화된 후진국도 문명화된 선진국을 모델로 열심히 노력하면 짧은 시간에 문명화되어 세계사에 당당히 참여할 수 있다는 것이다.

미국은 당시 로스토우의 경제 발전 단계론의 성공 모델을 만들어 낼 필요가 있었고, 한국을 그 대상으로 선택하였다. 한국은 경제 근대화를 통해 세계 13위 정도의 경제 대국이 되었으니 세계사에 당당하게 참여하고 있는지는 모르겠으나 경제적으론 성공한 셈이다.

그러면 한국의 경제 근대화 과정에서 경제 사회적으로 성공한 엘리트들은 어떤 생각을 갖게 될까? 특별한 계기와 노력이 없는 한 이들이 자신은 선진화, 문명화되어 세계사에 당당히 참여하고 있는 존재이고, 성공하지 못한 일반 국민은 덜 문명화되어 비합리적인 존재이기 때문에 자신들의 지도를 받아야 나라가 발전할 수 있다고 생각하는 것은 어쩌면 자연스러운 일이다.

게다가 세계적 기업으로 세계사에 당당하게 참여하고 있는 재벌의 사주 집안쯤 되면 일반 국민이 정말 미개하여 비합리적인 억지나 부리는 존재로 보일지도 모른다. 그러니 세월호 유족이 시체 장사나 하는 미개한 사람들이라는 투의 발언은 실수라기보다는 그들의 진심일 것이다.

경제 근대화 과정에서 성공한 한국의 보수 엘리트들의 사고를 특징짓는 것은 위와 같은 극단적 엘리트주의이다. 문명화된 엘리트가 덜 문명화된 국민을 지도해야 나라가 발전한다는 이 극단적 엘리트주의는 문명화되어 세계사에 당당히 참여하고 있는 일본이 미개하여 역사가 없는 조선을 지도(식민화)하는 것은 당연하며 조선을 문명화한다는 점에서 은혜를 베푸는 것이라는 일제 식민 지배 논리에서 그리 멀리 있는 것이 아니다.

보수 엘리트들의 극단적 엘리트주의는 일종의 내부 식민주의 논리라고 볼 수도 있다. 그래서 한국의 보수 엘리트들은 일제 식민 지배의 논리를 별 저항감 없이 자연스럽게 받아들인다. 그러니 낙마한 총리 후보의 '일본의 식민지가 된 것은 하느님의 뜻'이라는 투의 발언 역시 실수라기보다 그들의 진심이고 신념으로 보아야 할 것이다.

세월호가 침몰했을 때 자발적으로 나서 많은 승객을 구조한 것은 해경이 아니라 어부들이었다. 하지만 이들은 이후 언론에서 철저하게 배제되었다. 전국에서 구조와 지원을 위해 자발적으로 모여든 시민들 역시 구조 현장에 접근이 차단되었고 이들의 말은 언론에서 배제되었다.

세월호 유가족 역시 시간이 갈수록 언론과 정부로부터 배제당했다. 그리고 국민 여론에 밀려 만들어진 진실 규명을 위한 기구는 정부에 의해 무력화되었다. 왜 그랬을까?

한국 보수 엘리트의 사고에 의하면 역사는 문명화되어 세계사에 속한 엘리트의 전유물이지 '역사 없는 미개한 국민'이 관여할 문제가 아니다. 역사 없는 미개한 국민의 비합리적 발언과 억지는 오히려 역사를 혼란에 빠트릴 뿐이기 때문에 배제되어야 한다. 그래서 티브이에서는 구조가 방치되고 있는 현장과는 무관하게 민관군이 합심하여 조명탄으로 밤을 밝히며 구조에 총력을 다하는 문명화된 구조의 역사가 방영되고 있었다.

인도의 저명한 사학자 구하는 엘리트주의 역사가 식민주의와 반민주주의에 봉사해 왔음을 비판하고 엘리트주의 역사가 미개하다고 배제한 역사 없는 자들의 역사, 민중들의 사소하고 구체적인 역사를 기술하려 하였다.

세월호 사건은 어쩌면 그 사건 자체로서 우리 사회의 주류를 이루고 있는 보수 엘리트들의 역사관에 대한 통렬한 비판일지도 모른다. 그렇기 때문에 세월호 사건은 우리에게 역사 없는 자들의 역사를 쓸 것을 요구하고 있다.

이 역사 없는 자들의 역사를 기록하는 일이 세월호 희생자를 넘어 거기에 관여했던 이름 없는 이들까지 확산되기를 바란다. 우리 사회가 발전하는 것은 서구화, 문명화된 엘리트의 지도에 의해서가 아니라 역사 없는 이들이 역사의 주체로 나서는 것을 통해서라고 믿기 때문이다. 역사 없는 이들의 역사를 기록하는 일은 역사 없는 이들이 역사의 주체로 서기 위한 싸움의 출발점이다.

역사 없는 이들의 역사

희망 노래,
해원상생의 세월호를
꿈꾸며

도법
인드라망 상임대표

가슴 깊이 흐르는 무심한 마음, 그 마음으로 소리 죽여 읊조립니다.

세월호 영령이시여! 영령이시여! 영령이시여!

계절을 알리는 바람이 저 멀리 백두대간을 타고 지리산으로 내려왔습니다.

싸늘한 가을바람이 전해 준 못다 부른 봄꽃 노래 소식이 못내 아프고 슬픕니다.

무거운 마음으로 천년 목탑지 천일 기도단에 모셔진 304인의 등불을 돌아보며 한참을 서성거렸습니다.

마음속인가. 하늘땅 사이 어딘가에서 들려오는 소리를 옮겨 적습니다.

죄송합니다. 저에게 당신들을 위로할 따뜻하고 큰 가슴이, 참되게 추모할 지혜와 용기가, 희망 노래를 선물할 실력과 역량이 없습니다. 염치없지만 넋두리하듯이 하소연을 하려고 합니다.

며칠 전 경기도교육청으로부터 세월호 희생자 단원고 260여 명의《416 단원고 약전》출간에 즈음하여 글을 써 달라는 요청을 받았습니다. 마땅히 써야 할 일이지만 어떤 내용으로 해야 할지는 난감했습니다. 보내 준 글은 봄꽃 노래였습니다. 하지만 현실은 잔인하게도 바다에 잠긴 못다 부른 노래였습니다.

한동안 숨을 멈추고 있었습니다. '어찌할 수 없다, 넋두리라도 하자' 하고 마음먹었습니다. 그동안 세월호의 기적이라는 내용으로 희망을 찾아 왔습니다. 그 모든 것들을 압축 정리하여 풀어 놓으려고 합니다. 제발 잘 들어주시고 기적의 길이 열리도록 도와주십시오.

영령들이시여!

세월호 기적을 말하면 사람들은 이상한 소리 한다며 야단칩니다. 왜 그럴까 하고 헤아려 보면 일어나선 안 될 어처구니없는 사건과 그렇게 해서는 안 될 무능한 대책 때문입니다. 그로 인한 충격과 슬픔, 분노와 좌절의 소용돌이에 휩쓸려 자신들이 얼마나 대단한 일을 펼쳤는지 살펴볼 경황이 없었습니다.

세월이 약이라 했습니다. 비로소 세월호 기적이 무엇인지 왜 해원상생의 길을 그리워하는지 차분하게 살펴볼 수 있게 되었습니다.

돌아보면 동학, 독립, 동족상잔, 산업화, 민주화 그리고 강정마을, 쌍용자동차 등의 현장마다 한이 계속 쌓이고 있습니다. 그 한을 풀지 않고 놔둔 채 과연 우리가 바라는 인간다운 미래가 가능하겠습니까? 한을 낳게 하는 갈등으로 인한 사회적 손실이 작게는 80조 원, 많게는 3백조 원, 이와 함께 일 년간 진행되는 재판이 6백 30만 건이라고 합니다.

의도하지는 않았지만 우리는 너나없이 모두 싸움의 주체인 셈입니다. 대부분 진실을 균형 있게 짚어 내고 합의하는 방식으로 문제를 다루지 않습니다. 누군가가 그 길을 가고자 제3의 입장에서 진실을 물으면 양쪽으로부터 돌팔매가 날아옵니다. 많은 경우 문제가 발생하면 저절로 편이 갈리고 힘겨루기 싸움으로 갑니다. 법으로든 힘으로든 이기는 것이 해답이고 희망이라고 여깁니다.

현상적으로 보면 괜찮은 듯하지만 실제 내용으로는 문제가 전혀 풀리지 않은 채 한

이 수북수북 쌓이게 됩니다. 왜 그러겠습니까. 세상 이치가 그렇게 되도록 되어 있기 때문입니다. 새로운 관점으로 접근하지 않는 한 악순환은 계속됩니다. 승자는 괜찮지만 패자는 억울하므로 이를 갈며 복수하려고 합니다. 필연적으로 승자는 전전긍긍할 수밖에 없습니다. '더불어 함께 살자. 평화롭게 살자'고 하지만 모두 말장난으로 끝나고 맙니다.

역사가 이 사실을 잘 보여 주고 있습니다. 지난해 서로의 가슴을 멍들게 만드는 우리 안의 불신과 분노의 응어리를 녹이기 위한 '화쟁코리아 백일순례'를 했습니다. 그때 용광로 역할을 할 사회적 대화 마당 '대한민국 야단법석'을 제안하는 글에 어른들께서 담은 문제의식의 일단을 옮겨 보겠습니다.

"자랑스러운 대한민국이 지금 …… 나름의 명분을 내세운 진영 논리의 철조망에 걸려 피투성이가 되고 있습니다. 어느 한쪽의 논리로 접근하는 한 그 어떤 진실도 왜곡됩니다. …… 진실이 짓밟히는데 어디에서 희망을 논할 수 있겠습니까. 오늘 우리 사회의 제일 화두는 …… 편 갈려 승부 싸움하는 진영의 철조망을 녹여 내는 일입니다. 세월호 참사, 그 안타까운 희생을 값지게 하려면 진영의 민심을 넘어 국민의 보편적 민심이 공론으로 자리 잡도록 크게 전환해야 합니다."

우리 사회를 걱정하는 그분들의 절절한 마음이 여전히 절실하게 다가옵니다.

영령들이시여!

곳곳에서 사회적 합의 없이는 한 걸음도 앞으로 나갈 수 없다고 합니다. 사회적 합의를 이끌어 내기 위한 사회적 대화를 통해 얼어붙은 가슴속 응어리를 녹여 내야 합니다.

해원상생의 새벽, 후천개벽의 새 길을 열어야 합니다. 새벽은 언제나 오고 새 길은 어디에나 있습니다. 세월호가 그 새벽 그 새 길을 온몸으로 열어 주었습니다. 우리에게 천재일우의 기회를 주었습니다. 그 길을 가는 것은 오늘을 사는 60세 이상 어른들의 몫입니다.

그 길의 불씨인 기적의 첫 마음을 되살리는 데 도움되도록 종합적으로 정리한 내용을 옮겨 보겠습니다.

"세월호는 잠들었던 성찰, 각성, 전환, 다짐의 불씨를 활활 타오르게 했다. 대통령, 일반 시민 그 누구도 예외가 없었다. 우리로 하여금 진영의 벽을 쌓게 만드는 경상도, 전라도, 여당, 야당 또는 수구꼴통, 종북, 빨갱이 등의 모든 편견의 탈을 불살랐다. 경천동지하는 기적이었다. 하나 된 우리의 마음은 위대했다. 일순간에 슬퍼서 눈물 흘리는 세월호를 넘어 기뻐서 눈물 흘리는 세월호의 문을 활짝 열어 젖혔다. 참으로 장관이었다. '아! 이번엔 길이 열리겠구나' 하고 가슴 벅찼다. 그런데 어느 날 '진실을 알려 주세요' 하며 거리 한복판에 서 있는 유족들을 보았다. 아니 이럴 수가. 그러나 현실이었다. 세월호는 어느 편의 유불리에 연결시킬 일이 아니다. 오로지 우리 아이, 우리 국민의 오늘과 내일을 '야수의 길로 내몰 것인가, 인간의 길로 나아가게 할 것인가' 하는 참으로 엄중한 일이다. 절대 싸움 거리가 되어선 안 되는 일이다. 만일 누군가가 정쟁 거리로 만든다면 그 자체가 우리 모두를 반생명, 비인간으로 전락시키는 천벌이 되고 만다."

그렇습니다. '언제나 함께하겠다. 반드시 여한이 없게 하겠다'며 기다리라고 한 것이 대통령이었습니다. '잊지 않을게, 달라질게, 값지게 할게' 하고 함께한 것이 국민의 마음이었습니다. 그 마음은 한마음이었습니다. 그 마음에 모든 해답이 들어 있습니다. 그런데 도대체 누가 무엇이 저 마음을 찢어 놓았습니까.

영령들이시여!

지금 생각하면 못내 후회스럽습니다. 그때 '유족은 가만히 계십시오. 국민이 알아서 할 것이오' 하고 국민의 일로 만들었어야 마땅할 일이었습니다.

'늦었다고 할 때가 가장 적당한 때'라는 말처럼 세월호가 일으킨 첫 마음을 실제 삶이 되게 해야 할 때가 되었습니다.

스스로 죄인임을 자처하고 삭발 순례하시는 어느 선생님처럼 어른들이 나서야 합니다. 서로에 대한 불신과 두려움으로 얼어붙은 국민의 마음을 녹여 낼 사회적 대화의 용광로 판을 달궈야 합니다.

나라의 주인인 국민들이 나서서 우리를 갈라놓는 모든 벽을 일거에 허물었던 그 위대한 첫 마음, 가슴에 꿈틀거리고 있는 성찰의 불씨를 다시 타오르게 해야 합니다.

어른들이 현장 대중들과 만나고 대화하는 순례를 해야 합니다. 그곳에서 위대한 첫 마음이 다시 타오르도록 이야기 바람을 일으켜야 합니다. 예로부터 민심은 강물이고 정부는 나룻배라고 했습니다. 우리 모두의 첫 마음이 강물 되어 흐르면 나룻배인 정부도 강물 따라 흘러가게 됩니다. 이 길만이 우리 모두 세월호 감옥에서 빠져나오는 큰길입니다. '괜찮아, 충분해' 하고 해원상생의 희망 노래를 부를 수 있는 확실한 길입니다.

그 과정에서 유족들을 일상으로 돌아가게 해야 합니다. 평소처럼 자연스럽게 술도 한잔하고, 농담도 하고 노래도 부르고 상황에 따라 상주 노릇도 하게 해야 합니다.

그리고 어차피 천지개벽을 해도 저승으로 간 사람은 저승길을, 이승에 있는 사람은 이승길 가야 합니다. 미루지 말고 잘 보내고 잘 살도록 정리해야 합니다.

그렇게 하면 틀림없이 우리가 열어젖힌 기쁨의 눈물을 흘리는 세월호의 이 길이 희망의 한국 사회로 나아가는 큰길이 될 것입니다.

부디 오늘의 《약전》 출간이 기적의 첫발을 내딛는 출발점이 되도록 도와주십시오.

희망 노래, 해원상생의 세월호를 꿈꾸며

'사실'은 어떻게
'진실'이
될 수 있는가

송경동

시인

'세월호'에 대해 말하는 것은 누구에게나 그렇듯 내게도 무척이나 힘겨운 일이다. 2014년 4월 16일 이후 한동안 물 마시는 일조차 힘겹기도 했다. 컵에 담긴 얇은 물조차 끔찍하고 공포스러워 똑바로 바라볼 수가 없었다. 아침마다 얼굴을 씻고 몸에 끼얹는 따뜻한 물 한 줄기가 얼마나 불편하고 죄스럽던지.

티브이 뉴스를 보지 않으려 눈 돌리기도 했다. 신문을 펼쳤다가도 세월호 관련 이야기가 나오면 덮어 버렸다. 끊이지 않고 쏟아져 나오는 안타까운 사연과 슬픈 이야기들을 되도록 듣지 않고, 그 사연들 앞에서 눈물 흘리지 않기 위해 안간힘을 써 보기도 했다.

'언딘, 평형수, 고박, 기상 악화, 안전 교육, 가만히 있으라, 사라진 기록들, 라면, 기념 촬영, 교통사고, 선령 완화, 불법 증개축, 해피아, 외주화, 비정규직 선원들, 유병언과 구원파, 콘트롤타워, 국정원, 사라진 7시간……' 끊이지 않고 쏟아져 나오는 고발성 기사와 분노스러운 이야기들도 듣고 싶지 않았다.

싫기도 했다. '언제는 그것을 모르고 있었던가.' 소수 자본의 천문학적인 축적과 그

곳에 기생하는 소수 권력자들과 특권층들의 무한한 안전과 안락을 위해 일상적으로 죽어 가고 침몰해 가는 사람들의 즐비한 이야기들을 정말 몰랐다는 것인가.

이 사회가 어제도, 그제도 세월호의 선실들과 다르지 않았음에도 마치 새로운 사실이라도 알아낸 것처럼 호들갑 떨고 분노하는 언론들도, 식자층들의 글쓰기도 미웠다. '추모' 이상의 행동으로 넘어가면 안 된다는 말들도 일종의 폭력으로 느껴졌다.

일반인의 죽음들은 어느새 지워져 버리고 '단원고 학생들'의 죽음만으로 세월호를 드러내며 '기성세대'의 책임 운운하는 것도 왠지 불편했다. 그렇게 삐뚤어져 수많은 사람들의 눈물바다 속을 기름처럼 떠다니는 내 자신은 더더욱 불편했다.

이런 불편함과 무력감에서 벗어나 보기 위해 나 역시 지난 일 년 숱하게 거리로 나서 보기도 했다. 짧은 생각이었지만 '추모'와 '애도'만 이야기하는 것은 '추모'의 일면일 뿐이라고 생각했다. '분노'로 '사회 정치적 행동'으로까지 나아가지 않는 착하기만 한 '추모'와 '애도'는 '가만히 있으라', '안전한 선실에서 대기하고만 있으라'는 세월호의 무책임한 선무 방송을 다시 따르는 일이라는 생각이었다.

그래서 그 책임의 정점인 청와대를 향해 '가만히 있지 않는 행동'에 나서 보기도 했다. 국가의 책임을 일찍부터 '규제 완화', '외주화' 하고 단 한 사람도 구조하지 않음으로 우리 모두를 미필적 공범이나 동조자로 만들어 놓은 이 국가와 '콘트롤타워'에 분명한 책임을 묻고 싶었다.

아득한 일이었지만 우리 모두를 '상주'로, 사회 전체를 '초상집'으로, 대한민국 전체를 침몰하는 세월호로 만들어 놓고 가장 먼저 탈출하려는 대한민국호의 대표 선원들을 붙잡고 싶었다. 책임 있는 자들에게 분명한 책임을 묻지 않고는 이후 대한민국 세월호의 정의로운 항로를 정하고, 전체 사회의 구조 변경을 가능케 하기 어려울 것이라는 생각이었다.

쉽진 않았다. 4월 16일 진도 앞바다에서 그토록 무능했던 이 국가와 공권력은 자신들의 기득권과 안전을 지키는 일 앞에서는 물불을 가리지 않았다. 선무방송의 내용은 똑같았다. '가만히 있으라', '안전한 집 안으로 빨리 돌아가 나오지 말라'였다. 수사권과 기소권이 포함된 특별법 요구도, 우리 사회 모든 공공 영역에 무한 이윤 추구라는 욕망을 과적해서 모든 공동체 성원들에게 일상적 죽음을 경험케 하는 탐욕에 대한 문제 제기도 하지 말라는 엄포였다.

추모 대회 현장에서 연행되면서 갈비뼈가 부러져 보기도 했다. 가만히 있지 않았다는 이유로 앞으로도 여러 차례 재판정에 '피고인'으로 다시 서야 한다. 그사이 부끄럽게도 몇 편의 시를 짓고, 읽기도 했다. 하지만 이렇게 '적극적으로 가만히 있지 않고도' 나는 아직도 세월호의 선실에 갇혀 나올 수가 없다. 최소한의 진실이라도 밝혀졌더라면, 아니 밝혀진 숱한 사실들 일부라도 '진실'이라고 밝혀졌다면 달랐을 것이다.

4.16 이후 한국사회가 급변침은 아니더라도 '이윤보다 생명을' 쪽으로 1도의 평형이라도 잡으려 했다면, 수사권 기소권 없이 출발한 허술한 진상조사위원회더라도 저 깊은 의문의 바다를 향해 한 치 출항이라도 했다면 이렇게 마음이 무겁지는 않을 것이다. 아홉 분의 실종자들이 차가운 몸일망정 가족 품으로 돌아왔더라면, 인양이라도 되었더라면 나 역시 세월호의 선실에서 한 발짝쯤은 세월호의 '밖'을 향해 걸어 나올 수 있을 것이다.

유가족이 벼슬이냐는, 세월호는 교통사고라는, 자식 팔아 한몫 잡으려냐는, 분향소에 있는 유가족들을 향해 '노숙자' 같다는, 아무런 반성 없이 다시 '경제'를 생각해야 한다는 무리들 중 단 한 명이라도 잘못을 뉘우치거나 단죄되었다는 소식 한 줄이라도

'사실'은 어떻게 '진실'이 될 수 있는가

있다면 이렇게 가슴이 답답하지는 않을 것이다.

이렇게 모든 것이 '아직도' 미궁이다. 한국 사회는 4.16 이전과 이후로 바뀔 거라는, 바뀌어야 한다는 목소리도 가늘어졌다. '국가란 무엇인가'라는 근본적인 물음은 얼마나 호사스러웠던 것인지. 최소한의 '안전 사회'조차도 머나먼 이야기다.

도리어 한국 사회는 점점 더 깊은 수렁 속으로 빠져들어 가는 듯하다. '이윤보다 생명'이어야 한다는 세월호의 절규와 분노를 지우고, 모든 이들의 삶에서 최소한의 평형수와 형식적으로나마 존재하던 에어포켓조차 걷어 내겠다고 한다. 노동자와 그 가족들에게 '안전'이 아닌 극도의 '공포와 불안정'을 선사하겠다고 한다.

〈세월호 문화예술인 연장전〉이라는 모임을 만들어 희생자 분들을 위로하고 추모하는 수없이 많은 문화예술 행동에 참여해 보기도 했다. 광화문 광장에 304개의 빈 의자들을 놓아 보기도 했다.

사진가들은 '아이들의 방'을 오늘도 찍고 있고, 500여 명에 이르는 미술인들이 추모 미술제를 열기도 했다. 연극인들은 지금도 매주 토요일 마로니에 광장에서 추모제를 이어가고 있다. 만화인들이 전국을 돌며 추모 만화전에 나서고, 동화작가들이 나서서 전국을 돌며 그림 타일을 모아 팽목항 방파제를 '기억의 벽'으로 만들기도 했다. 이 책처럼 단원고 학생들의 삶을 기록하는 일에 작가들이 나서기도 했다.

하지만…… 그런다고 죽어 간 이들이 살아 돌아오지는 않는다. 유가족들의 펑 뚫려 버린 가슴의 동공을 메워 줄 수도 없다. 다만 우리가 할 수 있는 일은 아직 밝혀지지 않은 세월호 참사의 진실을 끝까지 규명하고, 다시는 이런 구조적 '타살'이 없도록 이 사회를 근본적으로 바꿔 놓는 일이다. 그렇게 우리 모두가 새로운 사회의 시민으로 되살아나지 않는 한 세월호에서 죽어 간 그 어떤 영혼도 '온전히 살아' 우리에게 다시 돌아오지 않을 것이라는 것을 잊지 말았으면 좋겠다.

일 년 반이나 지났다고, 잊을 때도 되지 않았냐고 하는 이들도 있다. 벌거벗은 자본의 욕망들이 다시 활개치며 마음의 상복을 벗지 않고 있는 우리를 희롱하기도 한다. 아무도 구하지 않았고, 아무도 구하지 못했던 정부만 탄탄대로. 진실은 다시 침몰해가는 듯도 하다.

하지만 그렇다고 세월호의 진실이 덜해지거나, 변색되지는 않을 것이다. 밤하늘을 잘 쳐다보지 않는다는 단원고 학생 유가족분의 말씀이 가슴에 남는다. 볼 때마다 하늘 가득히 아이의 얼굴이 걸려 있어 차마 볼 수가 없다고 했다. 그렇게 아프지만 보지 않을 수 없도록 큰 것이 '진실'이라는 것을 우리는 안다. '진실'이란 어떤 시간의 풍화에도 불구하고 그 질량이나 성분이 달라지지 않는다.

진실의 빛이 자꾸 옅어진다는 것은 진실의 빛을 쫓아야 할 우리들의 눈이 흐려지는 데서 오는 착시일 뿐, 진실의 빛은 언제나 그곳에서 같은 밝기로 빛나고 있을 것이다. '진실'이 밝혀지고, 모두가 조금은 더 안전하고 평화롭고 행복한 사회를 얻게 되기까지 세월호의 영혼들은 영원히 잠들지 않고 집을 나서던 그 모습 그대로 선명하게 살아 있을 것이다.

'사실'은 어떻게 '진실'이 될 수 있는가

우리가
모래·풀·먼지입니까

이상문

국제PEN한국본부 이사장, 소설가

지금 살아 계신가요

"살려 주세요!"

여러분, 이 외침을 기억하시는지요? 2014년 4월 16일 오전 8시 52분 30초. 제주도로 가던 여객선 세월호에서 전남소방본부 119상황실로 걸어 온 전화로, 한 소년이 숨넘어가는 듯 외쳐 댄, 이 첫마디를 기억하고 계신가 묻는 것입니다.

당연히 잊으셨겠지요. 워낙 대단한 일을 하시는 분들이라서, 그따위 걸 지금껏 기억하고 살 이유가 없겠지요. 참말로, 그러신가요? 묻는 우리가 밉겠지요.

이 소년의 외침을 제대로 듣고 제대로 행동하지 않은, 더욱이 구조적으로 이미 그렇게 만들어 놓은 여러분이 순전히, 250명의 아이들이 포함된 304명을, 우리의 그들을 사망·실종케 했다면 억울하다 하시겠습니까?

하지만 생각해 보세요. 용케도 우리의 그들이 그날 그 배를 타지 않았더라면, 그래서 사고가 나지 않았더라면, 그 뒤로 여러분이나 여러분의 소중한 주위 사람들이 타지 않았겠는가 하는 것입니다. 사고가 나서 그 비극이 여러분의 몫이 되었을 것이란 말입니다.

가능성이 매우 높은 일입니다. 그 배를 갖고 있던 청해진해운에 음으로 양으로 영향력을 행사해 온 능력자 여러분. 배를 그 꼴로 만들어 그런 식으로 운항케 했던 능력자 여러분이라면 '접대성'으로라도 그 배를 탈 가능성이 높겠지요. 벌써 타 봤는데 좋았다구요? 아, 그러셨군요. 그래서 그런 사고가 날 때까지, 참 즐거우셨겠습니다. 그리고 지금 살아계시는군요. 평안하신가요?

그 얼마나 안심이 되던가요

유병언 씨가 도피하고 있는 동안 퍽이나 마음고생을 하셨겠지요? 정말 재수에 옴이 올랐다고 여겼겠지요. 애간장이 탄다는 말이 비로소 실감 났겠지요.

그런 일 없었다구요? 어련하시겠습니까. 사욕을 위해서라면 어떤 거친 일도 생사를 넘나드는 일보다 쉽게 해 놓고, 어쩌다 잘못됐을 경우 과감히 꼬리들을 잘라 내서 몸통을 지켜 내는 신기를 가진 여러분이란 사실을 깜박했습니다.

그래도 행방이 묘연한 유병언 씨의 입이 걱정은 되었지요. 혹시 말입니다. 앉아서 이리저리 알아보고 이렇게 저렇게 손을 써서, 그가 남쪽 바닷가로 나가는 길을, 공해상의 어디에서 배를 바꿔 타는 길을 터 주고 있었던 것은 아니었겠지요.

그때 우리 같은 사람들은 일이 그리 되고 있지 않는가 걱정했더랍니다. 이제야 조금씩 실상이 드러나고 있는 '조희팔 사건'이 그렇게 말해 주고 있지 않은가요.

큰일 날 소리라구요? 그런데 검경 역사상 현상금을 5억까지 걸고, 검찰 인력만 50여 명, 경찰 병력 5천여 명, 거기다 군인 5천여 명을 동원해서, 단지 민간인 1명을 잡겠다는, 대규모의 수색 작전이 또 있었던가요? 또한 일부러라도, 검경의 손발이 그토록 안 맞게 작전을 하려면 힘든 것이 아니던가요?

사건 초기에 유병언 씨의 신병 확보를 망설이고 있을 때, 기자들에게 하신 말씀이 있으시죠. "유병언은 그럴 분이 아니다. 웃으면서 출두할 거다"였습니다. 그 결과는 "온 국민 앞에서 제대로 망신을 당했다"로 돌아왔지요.

전후 사정이야 어떻든, 발견된 지 40일 만에 그의 주검으로 확인됐을 때는 독한 것으로 한잔 하셨겠지요. 가슴을 쓸어내리셨겠지요. 아무리 사자는 말이 없다 해도, 하늘이 보고 땅이 본 일입니다. 더욱이 "완전 범죄는 없다"고 큰소리쳐 온 여러분이라는 것을, 우리는 알고 있습니다. 앞으로 여러분의 건강이 진심으로 걱정되는군요.

우리나라는 몇 도나 기울어져 있나요

그 배가 침몰하던 날의 오전 9시 17분에, 선원은 배가 50도 이상 기울어져 있다고 진도관제센터로 보고했습니다. 배를 구하기는 이미 불가능했답니다. 사람 476명과 화물을 욕심껏 실은 배였습니다. 그런데 살아 나온 사람은 172명뿐입니다. 그것도 내 목숨 아깝다 생각할 겨를도 없이 달려와서 뛰어든 의인들, 끝까지 제자리를 지키다가 배와 함께 운명을 같이한 의인들, 내가 입은 구명조끼를 동무에게 벗어 준 소년 의인 등이 없었다면 어려운 일이었습니다.

304명이 떠난 뒤 돌아오지 않는 자리에 남겨진 가족들의 고통을 생각합니다. 깊은 상처들에서 뚝뚝 떨어지는 검붉은 핏방울들을 보세요. 아직도 맹골수로의 거친 파도 속에는, 달아난 선장의 지시로 방송된 "가만히 있으라"를 철석같이 믿은 탓에, 두 눈을 부릅뜬 채 기다리면서 진실을 찾고 있을 9명의 사람들이 있을 것입니다. 차마 그 동무들을 두고 가지 못해 구만리 장천을 떠돌고 있을 295명의 원혼들을 생각합니다.

그런데 여러분은, 그리고 우리는 그동안 무엇을 했습니까? 그야말로 국가 기밀급으로 분류해서 특별 관리해야 할 정도의 부끄러운 짓들만 해 오지 않았는가요. "철저한 진상 규명을 해서 유족에게 여한이 없게 하겠다"던 약속은, 해양경찰을 해체하고 출범시킨 국민안전처로 과연 얼마나 지켜진 것인가요. 국정조사라는 것을 하긴 했지만, 그 과정과 결과를 두고 '국회 무용론'을 불러올 정도였습니다. 특별법을 만드는 과정은 실로 목불인견이었습니다. 게다가 특별법에 의해 설치된 특별조사위원회의 활동이, 1년이 되도록 제대로 시작도 못 해 보고 있는 것을 보면, 얼마든지 여러분의 '깊은 뜻'을 알 수 있는 것이 아니겠는지요.

여러분은 합수부에서, 1년 계약직이 대부분인 선박직 승무원 생존자 15명 전원을 구속한 것으로, 우리가 그 일을 잊었으면 했겠지요. 고작 꼬리 축에도 들지 못하는 사람들을 구속해 놓고, 설마 우리가 '철저한 진상 규명'이라고 여겨 주길 바랐던 것은 아니겠지요. 만일에 그랬다면 국가 망신이지요. 한 나라를 끌고 갈 정도의 힘 있는 여러분의 머리가 그 정도밖에 되지 않는 나라라면, 손으로 하늘을 가려도 머리를 끄덕이는 국민들이 사는 나라라면 세계적인 망신이 아니고 뭐겠습니까. 이 일이야말로 국가 기밀급으로 분류해서 관리해야지요.

유족들이 있지요. 온갖 조롱 속에서도, 심지어는 자중지란 속에서도 오랫동안 꿋꿋하게 자기 희생정신을 지켜 온 분들과, 그 정신에 적극 동의해서 서명한 6백만여 명의 시민들이 있습니다. 그런데 여러분은 무엇을 어찌하셨습니까?

만일 앞으로도, 앞으로도 이런 식이라면 결코 안 될 일입니다. 우리의 조국이 여기서 더 기울어지는 일이 절대로 없어야 합니다.

혹시 애절양(哀絕陽)을 아시는지요

다산 정약용 선생께서 강진에 유배되어 있는 동안(1801~1818)에 지은 시 〈애절양〉을 혹시 아시는지요?

…… / 달려가서 호소해도 범 같은 문지기 버텨 섰고 / 이정(里正)이 호통치며 남은 소마저 끌고 갔다네 / 아이 낳은 죄라고 남편이 한탄하더니 / 칼 갈아 들어간 방에는 피가 홍건하더라

낳은 지 석 달밖에 안 된 사내애를 군적에 올려 세금을 걷겠다는 탐관에게 저항할 길이 없자, 칼을 갈아 자신의 양물을 잘라 버렸고, 아내가 피 뚝뚝 떨어지는 그것을 주워 들고 관가를 찾아 부당함을 호소하려 했지만, 아예 문지기가 막아서더라는 사연을 가진 시의 일부인데요, 《목민심서》 8권에 실려 있습니다. 관리들이 마음에 새겨 정사를 잘 보았으면 하는 마음으로, 그렇게 되면 나라가 바로 선다는 간곡한 마음으로 쓴 책이, 바로 《목민심서》라는 것을 여러분도 아실 테고, 왜 이렇게 징그러운 내용의 시가 그 책에 실렸던가 하는 것입니다. 그때의 세상이 그랬답니다.

그리고 왜 이 시를 구태여 여러분에게, 우리가 여러분에게 혹시 알고 계시는가 여쭙는 이유입니다. 지금 유족들의 심정이, 6백만여 명의 시민들의 심정이, 그보다 훨씬 많은 사람들의 심정이, 우리의 심정이 그렇다는 것입니다.

여러분이 볼 때, 우리는 모래나 풀이나 먼지 정도일지 모릅니다. 정녕 그렇게 보일 수도 있습니다. 하지만 모래·풀·먼지가 고 김수영 시인이 큰 자책 속에서 선택한 '사소한 것'들을 대신하는 시어들이란 말을 들으면, 조금은 달라 보이시겠지요.

그것들이 모여서 뭉치면 하늘 닿는 성벽이 되고, 쇠를 녹이는 불길이 되고, 세상을 가리는 장막이 될 수도 있으니까요. 얼마든지 그러고도 남을 것입니다.

망각에 대한 저항

현기영

소설가

세월호의 참사가 벌어졌을 때 우리는 텅 빈 거대한 공허, 국가의 실종을 경험했다.

세월호는 한국 사회 그 자체라고 은유할 수 있다. 내실이 너무도 부실한 상태에서 자본의 극대화만 노린 대형 여객선, 그것이 한국 사회의 모습이 아닌가. 그 참사를 통해서 우리는 이 사회가 위험의 토대 위에 놓여 있음을 실감한다. 세월호의 침몰이 한국 사회가 위험 사회임을 입증하고 있는 것이다.

이 참사에서 총체적 파국의 징후를 경험한 우리는 삶이란 과연 무엇인가, 국가란 무엇인가, 하고 질문하게 되었다. 매우 중요한 질문이다. 우리는 국가 안에서 태어났고, 국가를 경영하는 것이 정부이고 정권이기 때문에 자주 국가와 정부를 혼동하고, 국가와 정권을 혼동해 왔다. 그렇게 우리는 순종적인 국민이었다. 그래서 '국가란 무엇인가'는 이전엔 별로 제기해 본 적이 없는 질문이다.

국가란 무엇인가? 정권은 매우 중요한 이 질문에 대답하지 않고 있다. 대답하기는 커녕, 아니 대답하려는 노력도 보이지 않은 채, 책임 회피와 외면으로 일관해 왔다. 우리는 대답을 얻을 때까지 계속 질문해야 한다. 잊지 않고 계속 기억해야만 그 대답을 얻을 수 있을 것이다. 망각에 저항하는 것이 바로 국가 시스템을 변화시키는 일이다.

'국가가 시민의 안전을 제공하지 못하면, 시민은 마땅히 저항할 권리를 가진다.'

4백 년 전에 이미 영국의 철학가 홉스가 한 말이다. 더 이상 부당하게 국가에 의해 버림받고 짓밟히고 진압당해선 안 되겠다. 국가의 국민이 아니라 국민의 국가가 되도록 역전시켜야겠다. 국가에 순종하기 쉬운 약한 국민이 아니라 항상 질문하고 비판적인 건강한 국민이 되어야겠다.

디지털 문화·엔터테인먼트 문화에 너무 깊숙이 함몰되어 질문할 줄 모르고, 스스로 생각할 줄 모르는 생각 부재의 명청한 인간에서 탈바꿈해 나와야 하겠다. 프란츠 파농이 말한 것처럼, 우리는 항상 질문하는 사람이 되어야 하겠다고 다짐해 본다.

세월호 참사는 언어절(言語絕)의 사건이었다.
말로 표현하기도 힘들고 머리로 이해하기도 힘든 대참사. 그래서 이 사건은 언어로 집을 짓는 필자와 같은 작가들을 여지없이 좌절시킨다. 이 사건을 표현하기에는 언어가 너무 사소하고 무기력하고 약하기 때문이다.

어떻게 하면 304위의 영령들을 제대로 진혼할 수 있을까? 한날한시에 유명을 달리한 그들을 제대로 진혼하는 길은 오직 하나, 이 사회 전체가 그 슬픔을 잊지 않는 것이다. 그중에도 대다수를 차지한 어린 학생들의 죽음이 너무도 애통스럽다. 성년을 바로 눈앞에 둔 그들, 활짝 피어나기 직전의 아름다운 꽃봉오리인 채, 자연스러운 감정과 열정을 억제한 채 입시 교육에 시달려야 했던 그들, 창창한 미래를 바라보며 이것도 할 수 있고 저것도 할 수 있는 수많은 가능성을 꿈꾸었던 그들, 그 많은 가능성을 한순간에 빼앗긴 채 숨을 거두어야 했던 그들이다.

무엇보다 인간 생명체로서의 당연한 즐거움, 즉 사랑으로 일가를 이루어 살아가는 즐거움을 누리지 못 한 채 저 세상으로 떠나갔으니 그 원한은 얼마나 크겠는가.

그러므로 살아 있는 자는 그 죽음을 잊어서는 안 된다. 한국 사회는 그 죽음을 잊어서는 안 된다. 망각한다는 것은 그와 비슷한 불행이 다시 반복된다는 것을 뜻한다. 그런데 시간은 흐르고 망각의 그림자가 짙어지고 있다. 슬픔에서 헤어나지 못하는 세월호의 엄마들은 감정의 기복이 퍽 심하다고 한다. 그분들은 오래 살고 싶다고 말한다.

"세상 사람들이 그 죽음을 잊어버리는 것이 두려워 나라도 오래 살고 싶다"라고.

그렇게 말하다가도, 금방 눈물을 쏟으면서, 아이가 보고 싶다고, 빨리 죽어 아이 곁으로 가고 싶다고 말한다.

개인의 기억은 개인들의 집합체인 국가의 기억보다 더 오래간다. 개인은 자신이 저지른 심각한 실수나 불의에 의해 닥친 불행을 오래 기억하면서, 다시는 그러한 실수, 불행이 없도록 조심하는 데 비해 국가와 사회는 건망증이 아주 심하다. 모든 전쟁 혹은 대참사는 끝난 뒤 돌아보면 정말 개탄스럽고 통탄스러운 과오, 실수로 느껴진다.

그러나 건망증이 심한 국가의 반성은 일시적이다. 피해 당사자가 아닌 대다수 국민들도 마찬가지이다. 최근의 정치 이론은 아무리 끔찍한 대참사일지라도 국가는 20년

쯤 지나면 그것을 까맣게 잊어버리고 다시 그 실수, 과오를 반복한다고 말한다. 가까운 예로, 미국은 월남전에서 패배의 쓰디쓴 체험을 했음에도 불구하고 20년도 못 되어 그 쓴맛은 잊고 이라크전에 뛰어들었다.

앞으로 20년쯤 지나서 세월호 참사의 쓰라린 기억이 유가족에게만 남아 있고 사회가, 국가가 그것을 망각할까 봐 두렵다. 어서 잊어버리라고, 권력은 망각의 정치를 구사하고 있다. 우리가 몸담고 있는 승자 독식의 이 시스템도, 엔터테인먼트 문화·디지털 문화의 방만한 세태도 망각을 조장한다.

신자유주의 시스템 속에 갇힌 우리의 정신은 여러모로 왜곡되어 있다. 효율이라는 슬로건이 순종하는 우리의 등줄기를 내리치고, 탈락되지 않을까, 구조조정 당하지 않을까, 늘 불안에 시달리면서 돈만 좇는 상황에서 달리 무엇을 생각하고 무엇을 기억할 수 있을 것인가. 효율성의 명목으로 이 사회를 승자 독식의 투기장으로 만들어 버린 국가, 그 국가가 세월호 참사에서 과연 어떤 효율을 보였던가. 인명 구조에 무슨 효율을 보여 주었던가.

세월호 참사는 효율보다도, 돈보다도 그 무엇보다도 인간이 우선임을 깨닫게 해 주었다. 이 사건에서 우리는 '국가란 무엇인가?'라는 질문과 더불어 '삶이란 무엇인가?' 혹은 '인간이란 무엇인가?'라는 또하나의 중요한 질문을 얻게 되었다. 승자 독식의 정글 사회에서 인간은 효율을 위한 수단이 되어야 했다. 목적이어야 할 인간이 수단으로 떨어져 버린 것이 우리 삶의 현주소인 것이다.

무한 경쟁의 절망적 질주, 그 피폐한 삶 속에서 성찰의 시간은 부재하고 영혼은 찌들었다. 아메리카 인디언들은 말 타고 달리다가 영혼이 따라오지 못할까 봐 잠시 멈추어 쉬어 간다고 했다. 그렇게 성찰의 시간을 등한히 했던 우리는 이제 스스로의 삶을 돌아보면서 "아이들아, 우리가 잘못했어. 미처 몰랐구나. 앞으로 잘할게"라고 다짐했다. 부디 이 다짐이 무너지지 않기를!

희생자 가족들의 시간은 아직도 작년 4월 16일에 머물러 있지만, 1년 3개월이 지난 지금, 세상은 벌써 망각에 몸을 내맡기고 있는 듯이 보인다. 망각에 저항해야 한다. 되풀이해서 말하거니와, 세월호를 잊는다는 것은 그와 비슷한 대형사고·사건이 다시 반복해서 발생한다는 걸 뜻한다. 잊는다는 것은 불의에 굴복하는 것, 정의를 세우기 위해 우리는 망각에 저항해야 한다. 망각의 정치, 망각의 세태에 저항해야 한다.

망각에 대한 저항

약전

·
·
·

세월호에 단원고 학생과 함께 승선했던
아르바이트생 세 젊은이의 삶을 기록한다

스물아홉의 불꽃

김기웅(당시 29세)

1. 조카들과 흥겹게 물놀이 중인 기웅. 약혼자 현선과 함께.
2. 엄마와 선상에서.
3. 중학교 동창들과 찍은 사진 둘째 줄 왼쪽에서 첫 번째가 기웅.

스물아홉의 불꽃

오! 사! 삼! 이! 일!

선미 갑판에 모인 사람들이 디제이의 구령에 맞춰 일제히 함성을 질러 대고 있었다. 발사! 드디어 마지막 함성이 울려 퍼짐과 동시에 굵고 하얀 불줄기 하나가 칠흑의 어둠을 뚫고 솟아올랐다. 그 정점에서 폭음과 함께 수많은 가지가 뻗어 나와 하늘엔 잠시 거대한 나무가 꽃을 피우고 있는 것만 같았다.

인천항을 출발한 지 세 시간. 제주도까지의 열세 시간의 항해 중 백미인 불꽃놀이가 시작된 것이다. 3월의 바닷바람은 아직 매섭게 볼을 훑고 가지만 움츠림 없이 갑판에 모여든 사람들의 얼굴엔 유년의 천진함만이 가득 차 있었다.

배로부터 밤바다의 검은 장막을 향해 불꽃이 솟아오를 때마다 펼쳐지는 키 큰 야자수들의 정원, 빅뱅과 동시에 우주를 가득 채우는 별들의 향연, 광장 분수들의 물줄기와 흩날리는 물방울들, 아래로 가지를 늘어뜨리는 버드나무, 빠르게 물길을 거슬러 오르는 연어들의 몸짓과 사방으로 흩어지는 반딧불이들의 춤사위가 끊임없이 밤하늘을 수놓았다. 폭음 외에 배 위에 들리는 소리는 오직 사람들의 숨넘어가는 환호성뿐이었다.

인천과 제주를 오가는 유일한 유람선인 오하마나호에선 승객이 많은 금요일 출항시마다 불꽃놀이 행사를 열고 있었다. 수년 전 〈1박 2일〉이라는 티브이 프로그램에 나온 이후로 더욱 유명해져서 승객의 수도 그만큼 늘었다. 그 후로 배에 오르자마자 여자들이 제일 먼저 하는 일은 이승기가 묵었던 방을 찾는 것이었다.

기웅은 공연에 사용하고 남은 구리선들을 둘둘 말고 있었다. 갑판 위에는 불꽃놀이에 이어진 춤판이 한창이었다. 격렬한 박자의 음악 사이에 간간이 진행자의 추임새가 마이크를 타고 흘러나왔다. 뒷정리를 마친 기웅은 갑판에 나가 맘껏 흥에 겨워 춤판을 벌이고 있는 사람들을 잠시 둘러보고는 미소를 지었다.

자신의 손끝에서 만들어진 불꽃쇼에 홀려 있었을 표정들을 떠올리자 짜릿한 쾌감이 등줄기를 타고 올랐다.

돌이켜 보면 참 잘한 선택이었다. 처음에 기웅이 이 배에서 일을 시작했을 때에는 오하마나호의 일반 알바생이었다. 식당에서 승객들의 식판에 음식을 덜어 주거나 밤에 술에 취한 승객들이 갑판으로 나오는 것을 단속하는 것, 거기에 동절기 승객들에게 추가로 담요들을 전달하는 것 정도가 자신의 일이었다.

그렇게 인천과 제주를 왕복하는 2박 3일의 대가는 11만 7천 원. 많은 돈은 아니었지만 대학생인 기웅에게 주말을 이용한 알바로는 그리 섭섭지는 않은 것이었다. 게다가 육체적으로도 그리 힘든 것이 아니어서 선상에서도 짬 날 때마다 공부를 할 수도 있었다.

우연히 불꽃놀이의 보조를 하게 되었다. 불꽃놀이는 배의 소유주인 청해진해운이 아닌 이벤트 회사의 일이었는데 어느 날 결원이 생긴 보조역을 다만 만 원짜리 몇 장이라도 더 벌 요량으로 돕게 된 것이었다. 그렇게 몇 번이나 했을까. 기웅의 빠릿빠릿한 일머리와 손재주를 아깝게 여긴 이벤트 회사 사장이 진지하게 제안을 했다.

"기웅아, 우리 회사 알바를 하면 어떻겠니? 너도 학생이니 주말밖에 시간이 안 되고, 이 배도 주말에만 불꽃놀이를 하잖아. 그런데 준비하고 쇼 끝난 후 정리까지만 하면 끝. 한 번 쇼하고 이십오만 원. 어떠니?"

짧은 시간 동안 기웅의 머릿속에선 많은 계산들이 지나쳤다. 무엇보다 2박 3일 동안 훨씬 늘어날 여유 시간이 그의 욕망에 불을 지폈다. 일부 장학금 외의 학비와 용돈

두 마리 토끼를 잡기 위해 주중 주말 가리지 않고 일을 해야만 했던 기웅에게 늘어나는 여유 시간은 그만큼 자신의 공부와 과제에 투자할 수 있는 시간의 증가를 의미했던 것이다.

"대신, 당장은 안 돼. 자격증을 먼저 따야 되거든. 화약을 다루는 일이잖아."

"까짓것, 하지요!"

기웅은 일말의 망설임도 없이 결정을 내렸다. 졸업을 하려면 아직 많은 시간이 남았고, 남들이 잘 모르는 자격증 하나 추가하면 무조건 득이라는 판단이었다. 그리해서 불과 몇 달 지나지 않아 화약류 취급 기능사 자격증을 딴 기웅은 오하마나호의 불꽃놀이를 전담하게 된 것이다.

자정이 가까운 시간. 기웅은 선미 갑판 난간에 기대고 있었다. 점점이 안전 사고를 예방하기 위해 나와 있는 알바생과 담배를 즐기고 있는 승객 몇이 있을 뿐 갑판 위의 열기는 썰물처럼 빠져나간 지 오래. 기웅은 한 모금 깊이 빨아들인 담배 연기를 적막과 어둠으로 가득 찬 허공으로 길게 내뱉는다.

어디야? 카톡 화면을 들여다보는 기웅의 눈이 촉촉이 젖었다. 묘한 일이다. 짧은 문자에서도 사랑의 마음이 꿀처럼 녹아내린다. 후미 난간. 알면서 ㅎ. 일 분이나 지났을까. 남에게 들킬세라 사뿐히 갑판을 가로질러 온 현선이 기웅의 겨드랑이에 팔을 끼웠다. 누가 먼저랄 것 없는, 짧은 입맞춤이 뒤를 이었다.

"카페 도서관에서 영어 공부 많이 했어?"

"응, 이 시간에 늘 그렇듯 잠깐 바람 쐬러 나왔어."

기웅은 바람에 나부끼는 현선의 머릿결을 손으로 곱게 쓸어내렸다. 어쩌면 현선과 한 배를 타는 게 오늘이 마지막일지도 모른다. 선주 소속 직원인 현선은 다음 항차부터는 오하마나가 아닌 세월호에 배치되었기 때문이었다. 승객들에겐 친절하기로, 다른 직원들에겐 엄격하기로 정평이 난 현선을 회사는 새로 출항하는 유람선의 책임 있는 보직으로 임명한 것이다.

"왜 기웅 씨만 이렇게 자주 와요? 다른 사람들은 뭐 해요?"

동절기엔 승객들에게 담요를 한 사람 당 두 장씩 더 지급을 해 주었다. 한 번에 열다섯 명분의 담요를 받아 가서 승객들에게 나눠 주는 일은 대개 알바생들의 몫이었는데 담요의 무게가 있어서 땀깨나 흘리는 일이었다. 창고 앞에서 담요 배분을 감독하고 있던 현선은 일반 서빙을 하던 아르바이트생 중 기웅이 유독 뻔질나게 눈앞에 등장하는 이유가 궁금했던 것이다.

"제가 워낙에 힘이 좋아요!"

기웅은 속마음을 감춘 채 능청스럽게 대답했었다. 아직 선상 알바 초기 시절이었는데 처음 본 순간부터 현선을 마음에 두고 있던 터라 한 번이라도 더 얼굴을 마주하기 위해 다른 친구들의 몫까지 대신 날라 주고 있었던 것이다.

그렇게 해서 싹튼 인연으로 둘은 연인으로 발전하게 되었고 대학 졸업반이 된 지금까지 알콩달콩한 사랑을 키워 오고 있었다. 그리고 기웅이 졸업을 하고 나면 여건이 되는 대로 결혼식을 올리기로 약조를 한 상태였다. 기실 둘이 다른 배를 타게 된다 해도 그리 애달플 것까지는 없었다. 현선이 하선해서 인천에 있을 때는 대개 기웅의 집에서 미래의 시어머니와 이미 가족처럼 함께 지내고 있었기 때문이었다.

"바람이 차다. 이제 들어가자."

기웅은 현선의 어깨를 감싸 안고 선실 쪽으로 걸음을 옮겼다.

"엄마, 젊은 오빠 왔다!"

기웅이 자그마한 엄마 가게의 문을 열고 들어가면서 호기롭게 외쳤다. 뒤를 이어 친구인 승호와 목민, 그리고 지용이 따라 들어오며 꾸벅 인사를 드렸다. 승호와 목민은 고등학교 시절 삼총사라 할 만큼의 친구들이었고 지용은 인천대 같은 과의 친구였다. 때마침 엄마 옆에서 일손이 되어 주고 있던 현선이 기웅의 친구들을 보자 자기 친구들을 맞듯 반갑게 인사를 건넸다.

오랫동안 엄마와 단둘이 살아왔던 기웅은 자신을 항상 '젊은 오빠'라 칭하며 엄마의 애인을 자처해 왔다. 특히 고등학교 때 하나뿐인 누나가 시집을 간 이후로는 더욱 그랬다. 이를테면 이런 식이었다. 기웅이 알바비의 여윳돈으로 엄마를 모시고 가끔 외식을 할라치면 엄마는 늘 돈 쓰지 말고 집에서 먹자 했다. 하지만 그때마다 기웅은 엄마의 손을 잡아끌며 말했다.

"젊은 오빠가 나가자 할 때 외식하자, 엄마."

그때마다 엄마는 마치 애인의 손에 끌리듯 꼼짝 못 하고 따라 나섰다. 또한 매일 학교에 갈 때마다 엉덩이를 불쑥 내밀며 말했다.

"뭐 해, 엄마? 젊은 오빠 학교 가잖아!"

"그래, 잘 다녀와라. 젊은 오빠!"

말은 징그럽다 하면서도 엄마는 늘 자식의 엉덩이를 손바닥으로 쳐 주었다.

엄마의 잰 손놀림 끝에 모두의 앞에 맛깔스러운 빈대떡과 제육볶음이 놓이자 엄마가 아들과 친구들의 잔에 일일이 소주를 따라 주었다. 그리고 살짝 눈치를 보는 현선의 잔도 가득 채워 주었다.

"언제나 함께하는 너희들 모습이 난 늘 보기 좋았어. 여태껏 그래 왔듯이 앞으로도 그 의리 변치 마라, 알았지?"

장사를 하는 중이었지만 엄마도 기꺼이 한 잔을 들어 올렸다.

돌아보면 참 힘겨운 시절이었다. 기웅이 중학교 2학년 때부터 혼자 남매를 키우며 살아야 했다. 중장비 사업을 하는 남편과 이혼 서류에 도장을 찍었을 때 기웅은 고3이었다. 당시에 허름한 상가 건물의 꼭대기 층에 세를 살고 있었는데 경제적으로도 가장 힘든 시기이기도 했다.

그때 시집을 갔던 딸 은영은 후에 그것만이 자신이 현실을 피할 수 있는 방법일 뿐 아니라 자신이 가족을 도울 유일한 길이라 여겼다고 했다. 결혼한 누나가 종종 용돈을 주면 기웅은 그 돈을 쓰지 못하고 여기저기 책갈피마다 꽂아 두기만 했다.

그 힘들었던 시절의 어떤 와중에도 기웅은 서운한 기색 한 번 내비친 적 없었던 아들이었다. 도리어 남편이라도 되는 양 어린 것이 기둥처럼 옆에 버티고 서 주었을 뿐이었다. 중학교 시절 공부엔 흥미가 없으면서도 골목을 헤매는 대신에 친구들을 집으로 데려오던 아이였다.

모든 걸 스스로 결정하던 아이. 도시건설공학과로 대학 진학을 결정할 때도 학비를 비롯한 모든 것을 자신의 힘으로 해결하겠노라던, 망설임 없던 아이였다. 대학을 들어가서는 어미인 자신에게 용돈 삼으라며 심심찮게 일이십만 원씩 주던, 그것을 안 받으면 운동화 한 켤레라도 사 들고 집에 들어오던 아들, 컴퓨터 조립과 운용에 능했던 자신의 재능을 장애인들을 위한 기부로 내어 주던 자식이었다.

어쩌다 엄마가 친구들과 함께 술이라도 한 잔 걸친 날이면 헤어져 돌아가는 친구들이 탄 택시의 번호까지 일일이 기록해 둘 정도로 자상하고 꼼꼼한 아들이었다.

반면 기웅은 어린 나이에도 자신의 내면에 일렁이는 파도를 다스려야만 했다. 그것은 오로지 홀로 남매를 책임지고 있던 엄마, 그리고 유일한 피붙이인 누나를 위한 것이었다. 그렇다고 사춘기를 지나고 있던 소년이 백옥 같을 수만은 없었다.

중학교 시절 친구들과 담배를 피우다 걸려 난생 처음 파출소에 간 적이 있었다. 친구들처럼 부모에게 연락하는 대신 기웅은 막내 이모부에게 전화를 했다.

"이모부, 엄마에게는 절대 비밀로 해 주세요. 제발요."

"알았다. 대신 다시는 이런 일 없기다. 알겠지?"

집으로 함께 가는 길. 이모부는 절박하기 그지없는 어린 조카의 간청을 들어주어 그날의 일을 입 밖에 내지 않았다.

고3 어느 날엔가 기웅은 등굣길에 집에서 서류를 하나 훔쳐 나왔다. 그날 야간 자율학습이 끝난 후 승호, 목민과 함께 중국 음식점에 들러 배고픈 속을 달래고 있을 때 기웅은 그 서류를 친구들 앞에 내보였다. 그리고 말했다.

"내가 할 수 있는 게 있을까?"

친구들이 들여다본 그것은 당사자들의 도장이 모두 찍혀 있는 이혼 서류였다. 아무리 허물없는 친구들이었지만 아무도 입을 열 수가 없었다. 지푸라기라도 잡고 싶은 심정으로 엄마 몰래 빼내 오긴 했지만 서류는 그저 서류일 뿐. 부모의 마음을 돌릴 수 없다는 것을, 친구들 또한 어떤 조언도 할 수 없다는 것을 기웅은 잘 알고 있었다. 단지 말없이 곁을 지켜 주는 친구들로부터 무언의 위안을 받고 싶었는지도 몰랐다.

기웅이 등교하는 시간은 꽤 이른 편이었다. 특별한 일이 없는 한 걸어 등교하기 위함이었다. 집이 있는 간석동에서 학익고등학교까지 7킬로미터 정도의 거리를 걸었다. 당시만 해도 남의 가게에서 일하면서 어려운 살림을 꾸려 가던 엄마가 매일 주는 이천 원을 친구들과 함께하는 데 쓸 수는 있어도 교통비로 쓰기엔 너무 아까웠기 때문이었다.

그럼에도 기웅은 자신 안에 내재해 있던 서글픔을 친구들 앞에서 어지간해선 내비친 적이 없었다. 오히려 친구들을 다독이며 늘 구심점이 되어 있었다. 덕분에 목민이나 승호, 지용 모두 기웅의 초등학교 동창이나 중학교 동창들까지도 두루 알고 지낼 수 있었다. 그리고 애인인 현선과도 허물없이 어울릴 정도로 주변에 있는 친구들 모두 기웅을 중심으로 움직이고 있었다.

엄마의 손맛을 물려받았는지 기웅도 음식을 꽤 잘하는 편이어서 친구들을 집으로 불러 먹이기도 즐겼다. 어느 날은 백숙을 해 주려고 친구들을 불렀는데 가는 날이 장날이라고 모두 사정이 생겨 백숙이 고스란히 남았다. 하지만 다음 날 엄마와 함께 모든 살을 발라 닭죽을 만들어서는 기어코 친구들에게 남김없이 먹였다.

엄마의 생일엔 기웅이 직접 미역국을 끓였다. 또한 엄마가 사고로 병원에 입원했을 때에는 직접 밥과 반찬을 만들어 집밥을 병원으로 공수하기도 했다.

"엄마는 조리법 알 필요 없어. 내가 평생 만들어 줄 테니까."

엄마가 남의 가게에서 일하던 시절, 새벽에 지친 몸을 이끌고 귀가하면 빈속에 주무시지 말라고 샐러드를 만들어 드리곤 했다. 그 맛이 워낙 일품이어서 엄마가 조리법을 물어봤을 때 기웅이 한 대답이었다.

"친구들, 자리 옮겨서 한잔 더 하자. 우리 이모부 가게로 가서 회 한 접시 어때? 아예 현수도 부르지 뭐."

술과 안주가 바닥을 보일 때쯤 기웅이 자리에서 일어서며 말했다. 현수는 한동네에 사는 막내 이모부의 아들로 여덟 살 터울의 사촌인데 고등학교를 졸업해서 어느덧 성인이 되어 있었다. 친구들도 몇 번 술자리를 함께 해서 낯설어할 일도 없었다.

"어머니, 다음에 또 오겠습니다!"

기웅과 친구들은 만 원짜리 한 장씩을 모아 어머니께 드린 후 불콰해진 얼굴로 가게를 나섰다.

"어머니, 내년 초면 끝나는 적금이 있는데 그걸 받은 후 식을 올리면 안 될까요?"

기웅이 졸업한 2014년 초봄. 현선은 미래의 시어머니와 마주한 채 조심스러운 목소리로 물었다. 마음으로는 당장이라도 식을 올리고 싶기는 하나 자신도 경제적으로 떳떳하게 기여를 하고 싶었기 때문이었다.

기웅은 한편에 앉아 잠자코 두 여인의 대화를 듣고만 있었다. 아직 취업이 되지 않아 선상 불꽃놀이를 계속하고는 있지만 좀 더 좋은 조건의 회사를 물색하고 있을 뿐 취업이 큰 걱정거리는 아니었다. 둘 다 스물아홉의 나이니 하루라도 늦기 전에 식을 올리고는 싶으나 사랑하는 이의 의사도 존중하지 않을 수 없었다. 하지만 엄마의 대답은 단호했다.

"살림살이 다 있고, 내 몸만 나가면 되니 올 시월에 그냥 해라."

사실 엄마는 작년 가을부터 살고 있는 빌라를 내놓았다. 아들 내외에게 아담하고 깨끗한 신혼집 마련해 주고 자신은 근처에 방 한 칸 얻어 살 요량이었다.

"어머니는 왜 자꾸 나간다고 하세요? 전 죽을 때까지 어머니와 살 거예요!"

"왜, 날 밥순이로 쓰려고?"

"아이 참, 어머니도. 네, 밥해 주세요!"

앙탈부리듯 몸을 흔들어 대는 현선의 눈에는 눈물이 그렁그렁 맺혔다.

"엄마 말씀대로 올가을에 식 올릴게. 내가 모은 것만으로도 충분히 식 올릴 수 있어. 됐지? 그런 의미에서 이 젊은 오빠랑 셋이서 족발에 한잔, 어때?"

기웅은 서로에게 애잔하기 그지없는 두 여인의 손을 꼭 쥐었다. 살짝 열린 창틈으로 여린 봄내음이 스며들고 있었다.

백마 탄 아들

방현수(당시 21세)

1. 고등학교 졸업식 후 친구들과 사진관에서 기념사진 맨 오른쪽이 현수.
2. 고등학교 시절의 현수.
3. 세 살 때 부모와 함께 에버랜드에서.

백마 탄 아들

현수는 상 위에 놓여 있는 케이크를 다시 한번 살폈다. 초의 개수와 자신이 직접 빚어 만든 어머니와 아버지의 크림 인형까지. 어디 어수룩한 데는 없는지 마지막으로 살폈다. 아버지 생일 케이크 하나 만들기 위해 일생일대의 작품을 만들 듯 온갖 정성을 기울였다.

부모님은 집으로 오고 있을 터였다. 현수가 미술 학원 끝나고 집으로 오기 전에 두 분이 운영하는 횟집에 들러 특별히 오늘만큼은 새벽 장사는 하지 마시라 부탁을 드렸기 때문이었다. 마지막으로 자신의 카카오스토리에 올리기 위해 스마트폰을 꺼내 인증 사진을 찍고 났을 때 현관문 열리는 소리가 들렸다. 거실로 들어서는 두 분의 손에는 가게에서 준비해 온 회 한 접시와 볶은 곱창이 들려 있었다.

"아빠, 생신 축하드려요!"

"오, 우리 아들이 직접 만든 거니?"

엄마는 준비해 온 음식을 상 위에 펼쳐 놓는 와중에도 상 한가운데 놓인 케이크에서 시선을 떼지 못했다. 아버지 역시 스무 살 아들이 애써 시간을 내어 만든 케이크가 신기한 듯 요모조모 뜯어보고 있었다.

"그리고 지금까지 저를 이만큼 키워 주셔서 정말 감사합니다!"

아버지가 촛불을 불어 끄고 소원 빌기를 마치고 나자 현수는 큰 소리로 말하면서 넙죽 절을 했다. 아버지는 흐뭇한 미소와 함께 아들과 손바닥을 마주쳤다. 현수는 이내

팔을 벌려 엄마를 품 안에 안고는 늘 그러하듯 어린아이처럼 볼에 뽀뽀를 퍼부어 댔다. 그녀는 답례라도 하듯 금쪽같은 외아들 현수의 볼을 어루만지며 말했다.

"아들아, 이렇게 잘 자라 줘서 우리가 더 고마워!"

현수는 엄마가 서른이 넘어 낳은 아들이었다. 현수가 태어나기 전 부부는 인천의 만수동에서 백 평 정도의 갈빗집을 운영하고 있었다. 잘되던 식당은 그러나 근처에 있던 구청이 다른 곳으로 이전하자 새로운 활로를 찾아야만 했다. 그래서 보신탕집으로 바꾸었고 그 와중에 태어난 아이가 현수였다. 백마를 타고 초원을 달리던 꿈의 끝에 얻은 아들이었다.

하지만 구청이 사라진 여파는 너무도 컸다. 게다가 처음 해 보는 보신탕집은 큰 호응을 얻지 못했고 다시 갈빗집으로 간판을 바꿔 운영했지만 결국 눈물을 머금고 사업을 접을 수밖에 없었다. 남은 것은 빚뿐이었다.

좌절하고 있을 수만은 없었다. 해서 빚을 더 얻어 부평로터리 한편에서 포장마차를 시작했다. 매일 저녁부터 새벽까지 쉬지 않고 일했다. 음식 맛에 부부의 부지런함이 더해져 손님들이 끊임없이 찾아들었다. 일수까지 써 가며 억척스럽게 일한 지 2년 만에 간석동에 열다섯 평 남짓한 작은 가게를 얻을 수 있었다.

가게를 얻은 날 부부는 소주에 눈물을 타서 마셨다. 자식을 위해서라도 꼭 재기해야만 했고, 드디어 작은 발판을 딛고 선 것이었다.

그곳에서 부부는 횟집을 시작했다. 현수의 아버지인 방기삼 씨는 전라남도 고흥 사람으로 바다 생선과 회에 관한 한 누구보다 해박한 사람이었다. 어린 현수를 가게 안에서 재워 가며 부부는 또 억척스럽게 일을 했다.

가게의 문을 닫을 때면 늘 새벽이었다. 처녀 시절 예쁜 얼굴에 멋쟁이라는 소리를 달고 살았던 엄마 김기숙 씨는 어느새 자신의 외모나 아픔 따위는 잊어버린 동네 횟집의 주인아줌마가 되어 갔다. 그것은 남편도 마찬가지여서 젊은 시절의 수려했던 외모나 큰 식당의 사장 등의 기억을 잊은 지 오랜, 그저 수더분한 횟집 주인이 되었다. 그 모든 것이 하나뿐인 자식 때문이었다.

싱싱한 회와 부부의 손맛이 더해져 가게는 새벽까지 손님이 끊이질 않았고 그만큼 단골손님의 수도 늘어만 갔다. 그리고 현수 또한 단골들과 인근 상인들의 애정을 듬뿍 받고 있었다.

"엄마를 닮았니, 아빠를 닮았니? 어쩜 사내 녀석이 이리 예쁘게 생겼대?"

저마다 한 번씩 안아 보자는 둥, 뽀뽀 한 번 해 보자는 둥 쌍꺼풀진 눈에 여자아이처럼 곱게 생긴 현수를 그냥 지나치는 사람이 없을 지경이었다. 과자 사 먹으라며 천 원짜리 한두 장 아이의 고사리 같은 손에 쥐여 주는 일은 다반사였다.

자라면서 부모가 온전히 자신에게 시간을 내어 주지 않는다며 투정을 부릴 만도 한데 유년 시절의 현수는 도무지 투정이나 불평이 무엇인지 모르는 아이처럼 착하게만 자라 주었다. 워낙 밝은 성격이라 초등학교 시절부터 친구들을 집으로 데려와서 살다시피 하면서도 학교는 물론 동네에서도 극히 사소한 말썽 한 번 일으킨 적 없는 아이였다.

중학교 시절에도 분명 사춘기를 지내고 있으련만 그 흔하다는 반항기 한 번 내비치지 않았다. 골격이 커지면서 부모보다는 친구를 선택하는 시기에, 현수는 그 많은 친구들과 어울려 다니면서도 엄마에게는 늘 품에 달려들어 입맞춤을 해 대는 응석받이였다.

부모가 강요하지도 않았거니와 본인도 흥미가 없어서 미술을 제외한 공부는 등한시했지만 그렇다고 학교 다니기를 게을리하지도 않았다.

"아들, 항상 어깨 펴고, 당당하게!"

"네, 아빠도 오늘 하루 파이팅!"

하루도 빠지지 않고 등교할 때 부자간에 손바닥을 마주치면서 나누던 대화였다. 그리고 초등학교를 들어간 이후 고등학교를 졸업할 때까지 단 한 해도 거르지 않고 개근상을 집에 가져왔다.

그런 아들이 어느덧 의젓한 성인이 되어 이제 쉰이 된 아버지의 생일을 챙겨 주고 있으니 엄마로서는 하염없이 대견하고 고마웠던 것이다. 그런 속내를 표현이라도 하듯 엄마는 손을 뻗어 현수의 머리카락이며 볼이며 한동안 쓰다듬었다.

두상은 거의 완성 단계였다. 현수는 부조판을 돌려 두상이 자신을 정면으로 바라보게 하고는 허리를 숙였다. 의도한 것은 아니었으나 흐트러진 더벅머리 사내의 얼굴이 얼핏 자신을 닮았다는 느낌을 받는다.

인상이 너무 부드러워. 현수는 부조판에 얹혀 있는 점토를 조금 뜯어 사내의 양쪽 광대뼈에 붙였다. 분무기로 물을 뿌린 후 문지르기를 몇 차례. 광대뼈가 한결 도드라진 사내가 조금은 더 세파에 찌든 사십대의 얼굴을 내비치기 시작했다. 현수는 한 걸음 뒤로 물러서서 옆자리에서 작업 중인 친구의 어깨를 툭 쳤다.

"오, 역시!"

달라진 현수의 두상을 본 친구가 엄지를 추켜세웠다.

현수가 처음부터 조소에 열정이 있었던 것은 아니었다. 고3이 되어 미대를 가기 위해 뒤늦게 문을 두드렸던 입시 미술 학원은 회화 쪽이었다. 워낙 어릴 적부터 그리기에 익숙하기도 했고 캔버스에 유화로 자신의 마음속을 옮겨 놓으면 그리 즐겁고 자유로울 수가 없었다. 학원의 원장과 선생님들도 현수의 붓놀림과 독창성에 굉장히 높은 점수를 주었다.

그림에 관한 한 그러한 칭찬은 초등학교 저학년 시절 미술 학원을 다닐 때부터 노상 들어오던 것이었다. 초등학교 1학년 때 다니던 학원의 한 선생님은 현수를 가리켜 1학년으로 보기에는 형태감이 굉장히 뛰어난 편이라는 진단 평가를 스케치북의 한 면에 적어 넣기도 했었다.

그리고 2012년 수능을 며칠 앞둔 어느 날 고1 때 담임을 맡았던 선생님이 당신의 반이었던 옛 제자들에게 편지를 보냈는데 현수의 편지 여백에는 다음과 같은 손글씨를 덧붙였을 정도였다.

'방구리~ 매일 야식만 먹는 것 아니지? 점점 잘생겨지고 있어서 이거 대학만 가면

대박인데…… 나중에 방구 이름으로 개인전? 작품? 유명해지는 것 보면 좋겠다. 즐거운 상상이 현실이 되는 걸 바라며, 퐈이팅!'

하지만 회화 쪽을 바라보기엔 부족한 내신 등급이 현수의 발목을 잡았다. 학원 원장의 권유로 조소 전문 학원으로 옮겨 새로운 분야를 경험하기 시작했으나 지원한 대학에 합격하기에는 역부족이었다.

재수를 하는 와중에도 현수의 내면엔 한 점의 구름도 없었다. 현수는 스스로 지나치게 낙천적인 건 아닌지 가끔 자신에게 물어보기도 했다. 아르바이트를 하며 용돈을 벌고, 학원에 가서 점토를 주무르며 자신의 상상력을 옮겨 놓는 것 모두가 즐거움이었다.

현수는 자신의 카카오스토리에 이따금씩 그렸던 캐리커처를 올리기도 했다. 니엘, 임재범, 정엽, 강호동 등 그때그때 독특하다 싶은 연예인들의 얼굴을 펜으로 그려 올렸는데 캐리커처치고는 다소 거칠게 쳐 댔던 자신의 손끝 결과물에 더할 나위 없이 흡족해했다.

대학을 못 간다 한들 그 또한 어때? 현수는 자주 고개를 갸웃거리며 물었다. 내 세계가 자유롭고 그것을 표현할 수 있는 재주가 있다면 무엇을 두려워한단 말인가. 그래서인지 현수는 친구들과 술 한잔을 걸칠 때에도 거리낌 없이 유쾌했고, 일찍 헤어짐을 아쉬워하는 친구들을 흔쾌히 집으로 데려오곤 했다.

함께 어울리던 친구들 사이에서 현수가 제일 먼저 운전면허를 땄다. 재수를 하는 동안 면허 학원을 다닌 것이었는데 수월하게 합격을 한 데는 당신의 차에 태워 직접 실전 교습을 해 준 아버지의 역할이 컸다.

면허를 딴 현수는 아버지의 차를 빌려 친구들과 함께 소래, 월미도 등 가까운 곳부터 다니기 시작했다. 여름에는 조금 더 먼 영흥도의 펜션을 예약하여 1박 2일 여행도 했는데 친구들과의 여행이 주는 즐거움 외에도 자신이 운전해 어느 곳이든 자유롭게 다닐 수 있다는 쾌감에 흠뻑 젖는 시간이었다.

친구들과의 여행만을 즐긴 것은 아니었다. 가게를 쉬는 날이면 이따금씩 부모와 함께 인근의 섬으로 여행을 다니곤 했다. 달라진 것은 운전석에 아버지 대신 현수가 앉아 있다는 사실뿐이었다.

"아빠, 왜 이렇게 입질이 없는 걸까요?"

"그런 날이 있네. 기다려 보시게, 낚시는 기다림일세. 정 궁금하면 직접 들어가서 애들한테 물어보던가, 흠!"

볕이 좋은 날, 선재도 입구의 다리 밑에서 부자는 나란히 앉아 낚싯대를 드리우고 있었다. 고향에서부터 낚시엔 이골이 난 아버지는 아들의 조급함을 달래 주고 있었다. 그날따라 낚시에 영 흥미가 없던 엄마는 먼발치 그늘에 앉아 부자가 드리운 찌만 바라보고 있었다.

몇 시간이나 지났을까. 부자는 드리웠던 낚싯대를 거두었다. 한 마리도 못 잡고 줄만 여러 차례 끊어 먹었으니 유별난 날이었다. 엄마는 하세월 앉아서 시간만 낭비했다고 지청구를 해 댔고, 아들 앞에서 체면을 구긴 아버지의 얼굴에는 겸연쩍은 미소만 감돌았다.

대신 식당을 찾아 들어가 게장에 굴밥, 수제비에 이르기까지 여한 없이 배를 채우며 가족은 빈 낚시질의 아쉬움을 달랬다. 기실 현수로서는 딱히 아쉬움이랄 것도 없었다. 가족이 간만에 함께 여행을 했다는 것, 그리고 자신이 직접 운전을 해서 부모를 모셨다는 기쁨만으로도 충분한 하루였기 때문이었다.

기회만 된다면 시골의 조부모님 댁을 갈 때에도 자신이 직접 운전을 하고 싶었다. 어릴 적부터 휴가 때면 할아버지와 할머니가 계신 시골집을 찾곤 했는데 인천에서 땅끝인 고흥까지 가는 길은 멀고도 멀었다. 그 길고 고된 아빠의 운전을 이젠 자신이 대신 하고 싶었다. 물론 다음 해의 휴가철에는 자신이 군대에 있을 가능성이 더 컸지만.

현수는 군대를 가기 전에 부모님께 작은 선물을 해 드려야겠다고 생각했다. 그것이 이미 성인이 된 자신이 해야 할 최소한의 도리라 여겼다. 그래서 아르바이트의 보수를 받을 때마다 일정액을 적립하리라 결심했다.

물론 실행에 옮기기가 쉽지는 않았다. 친구들을 만나도 돈이요, 애인과 만나도 돈이었다. 하지만 자신이 계획한 작은 선물을 만들기 위해 현수는 자신을 위한 지출은 절제하고 또 절제했다. 현수의 작은 소망은 해를 넘기고 나서야 결실을 맺었다.

"얼마 안 되지만 두 분이서 가까운 곳에 여행이라도 다녀오세요. 그동안 새벽까지 장사하느라 오붓한 여행 한 번 못 하셨잖아요."

부부는 말없이 현수가 공손히 내민 봉투를 바라보고 있었다. 그 안엔 오십만 원이 들어 있었는데 물어보지 않아도 자식이 힘들게 일해서 번 돈임을 알 수 있었다.

"나중에 제가 번듯하게 벌면 그땐 해외여행 보내드릴게요."

현수는 지난 몇 달 동안 신세계백화점에서 주차 안내 아르바이트를 하고 있었다. 그 사실을 부모도 잘 알고 있었다. 문제는 그 돈을 받을 수 있는가의 문제였다. 겨우내 밖에서는 맵디매운 바람을 맞고, 안에서는 독한 배기가스를 마셔 가며 번 돈이었다. 아직은 품 안의 자식이고 자신들은 충분히 돈을 벌고 있는 부모였기 때문이었는지도 몰랐다.

하지만 부모는 자식의 호의를 기꺼이 받아들이기로 결정했다. 그것이 그들이 믿는, 이미 성인이 된 아들을 존중하는 방식이기 때문이었다.

"설마 네가 번 돈을 모두 여기에 담은 것은 아니겠지?"

"그런 걱정일랑은 붙들어 매세요. 저도 친구들과 함께 제주도 다녀올 거예요. 제 경비? 충분하고도 넘칩니다요!"

해빙이 끝난 3월이 되자마자 현수는 친구들과 제주도로 향하는 비행기에 몸을 실었다. 고등학교를 졸업한 지 일 년 만에 묵은 회포를 풀 듯 온갖 곳을 다니고 마시며 원 없는 여행을 즐겼다. 하지만 쉽게 여행을 결행할 수 없는 부모는 그 돈에 손을 못 대고 있었다.

"저 왔어요!"

가게 안으로 들어선 현수는 엄마를 꼭 안고 볼에 입부터 맞추었다. 뒤이어 들어온

백마 탄 아들

친구들이 허리를 푹푹 숙여 가며 인사를 올렸다. 엄마는 제 자식 반기듯 한 명 한 명의 어깨를 토닥여 주었다. 현수는 가게 안의 몇몇 손님들에게도 허리 굽혀 인사를 했다. 그 와중에 주방에서 나온 아버지가 현수와 친구들을 향해 고개를 끄덕이며 말했다.

"오늘도 한판 벌이겠구먼. 어째 큰 것 한 접시면 되겠냐?"

"넵, 감사합니다!"

아이들은 가게에서 술을 살 것이고, 집에 들어서면 족발이며 치킨이며 안줏거리들을 더 주문할 것이다. 그러다 거나하게 배부르고 나면 세상모르게 곯아떨어지겠지. 회를 받아 들고 문을 나서는 아들과 친구들의 뒷모습을 바라보며 아버지는 빙그레 미소를 지었다.

자식이 좀 내성적인 것 같아 걱정이라고 말하던 자신에게, 종종 가게에 들러 소주잔을 기울이던 현수의 고등학교 선생님들에게서 들은 이야기들이 뇌리를 스쳤기 때문이었다.

"현수요? 아이구 아버님, 그놈이 애들을 몰고 다녀요. 요즘 말로 짱이죠. 그런데 차암 착한 짱입니다!"

아버지의 예상대로 새벽이 오기 전에 친구들은 모두 잠에 곯아떨어졌다. 부전자전일까. 어지간해선 술 취하는 법 없는 현수는 친구들의 잠자리를 모두 봐 준 후, 자신의 방임에도 불구하고 가장 후미진 구석에 누워 잠을 청했다.

뒤늦게 들어온 부모님이 친구들이 자고 있는 방을 한 번 둘러보고 안방으로 들어가신지 꽤 되었는데 웬일인지 오늘 현수는 좀체 잠을 이루지 못하고 있었다. 몸은 노곤한데 눈을 감으면 자꾸 어릴 적 기억들이 영화처럼 눈앞에 펼쳐지고 있었다.

초등학교 시절 부모님과 함께 걷던 약산의 산책길. 현수의 옆에서 항상 깡총대며 친동생처럼 따라다녔던 강아지 미미. 휴가 때면 집에서 키우던 병아리와 햄스터까지 데리고 찾아뵙던 할아버지와 할머니. 엄마 아빠와 나란히 앉아 바라보던 고흥의 바다. 그리고 가족이 함께 자전거로 다녀오곤 했던 소래포구.

문득 그 모든 장면에서 자신이 빠져 있는 상상을 해 본다. 잠들어 있는 친구들처럼 얼마 안 있어 자신도 군 입대를 하고 나면 누구보다 엄마에게 드리울 적막감을 느끼자 잠은 점점 멀리 달아나고만 있었다.

현수는 잠들기를 포기하고 방을 나섰다. 그러곤 안방 문을 열고 들어가 슬며시 엄마 옆에 누웠다.

"친구들이랑 안 자고 여긴 왜 왔어?"

"무서워서 엄마랑 같이 자고 싶어."

놀라서 묻는 엄마에게 현수는 어리광부리듯 말하고 품을 파고들었다. 걱정하지 마, 엄마. 난 언제까지든 엄마 곁을 지킬 테니까. 꿈결처럼 되뇌던 현수는 엄마 품에서 금세 까무룩 잠이 들었다.

우리 가족 우체통

이현우(당시 20세)

1. 고등학교 졸업.
2. 열여덟 살 생일.
3. 유치원 졸업.

우리 가족 우체통

거실에 우리 가족 우체통을 만들어 걸어 보았다. 가끔 편지로 가족과 이야기를 나누는 것도 좋을 듯해서다. 우체통에 내가 쓴 편지를 가장 먼저 넣었다. 이제 슬슬 답장이 오겠지. 내가 쓴 편지는 이렇다.

사랑하는 엄마 아빠 누나에게

막상 편지를 쓰려니까 좀 쑥스럽네요.

그래도 우리 가족 우체통을 만들었으니까 써 볼게요. 답장 부탁해요.

가끔 앨범 속 사진을 보곤 해요. 친구들보다 몸집이 작은 아이가 함박꽃처럼 웃고 있어요. 내가 태어났을 때 2.5킬로그램이어서 인큐베이터 신세를 겨우 면했다고 했죠. 또래보다 덩치는 작지만, 카리스마 있는 눈이 아주 매력적인 아이죠.

누나가 태어난 지 4년 만에 나를 낳기 위해 엄마 아빠가 엄청나게 노력했다는 얘기를 듣고 여러 가지 생각이 들었어요. 엄마 아빠의 사랑으로 내가 태어났구나 하는 생각도 들고 곁에서 누나를 돌봐 주라는 당부 같기도 했어요. 어쨌든 엄마 아빠를 닮아 카리스마 넘치는 눈에 오똑한 코와 도톰한 입술을 가진 매력남이 태어났습니다. 하하하.

초등학교 때는 누나 때문에 좀 힘든 적도 있었어요. 누나랑 네 살 차이가 나서 그런지 나보다 키도 크고 덩치도 큰 누나를 돌보기가 쉽지 않았거든요.

아마 그때는 제가 어려서 그랬던 것 같아요. 게다가 일곱 살에 학교에 입학했잖아요. 엄마 아빠가 나보다 늘 누나만 챙겨 주는 것 같아서 서운했어요. 하지만 점점 크면서 알게 되었죠. 그럴 수밖에 없는 상황이었다는 것을요. 내가 누나고 누나가 나였더라면 그 상황에서는 나를 챙겼겠죠. 처음에만 조금 힘들었지 차츰 엄마 아빠도 내 마음을 이해해 주신다는 걸 알게 되었어요.

게다가 엄마 아빠는 오죽 힘들까 하는 생각도 들었고요. 아픈 누나도 누나지만 내가 스트레스받을까 봐 심리 상담까지 받았잖아요. 나를 위한 노력까지 하느라 정말 힘드셨죠. 엄마 아빠에게 잘해 드려야겠다는 마음은 늘 들지만, 마음처럼 안 될 때도 있었어요. 언젠가 내가 누나 걱정을 하니까 엄마가 그랬죠.

"너는 아무 걱정 말고 열심히 재미있게 살아. 누나는 엄마 아빠가 돌볼 거야. 엄마 아빠가 곁에 있는데 뭐가 걱정이니!"

엄마는 힘든 내색 안 하려고 참으면서 내게는 아무 걱정하지 말라고 위로해 주었죠. 저도 알고 있었어요. 엄마한테 위로받고 나서 누나한테 더 잘해야겠다는 생각이 들었어요. 힘들 때 서로 돕는 게 가족이잖아요.

중학교 때는 괴상한 놈이 찾아 왔어요. 바로 사춘기라는 놈이요. 그때는 말도 하기 싫고 친구들도 만나기 싫었어요. 그래서 집에만 콕 박혀 지냈어요. 그때쯤 아빠는 일하러 외국에 나가시고 엄마랑 나랑 누나만 있었지요. 엄마는 그런 나를 걱정해 주고 이해하려고 애쓰셨죠. 그때 내 친구들을 보니까 밖으로 나가서 방황하든지 아니면 집에 콕 박혀 지내면서 보내더라고요. 사춘기라는 놈이 진짜 괴상한 놈 맞는 것 같아요. 친구들도 그렇고 저도 자기만의 방식대로 고 녀석과 함께 지냈어요.

엄마는 화장품 가게를 하느라 바빠서 집을 비우니까 든든하고 믿음직한 아들이 집을 지킨 거예요. 우리 집은 2층이고 화장품 가게는 1층이지만요. 하하하. 집에 있으려니까 라면도 끓여 먹어야 하고 음식도 좀 해 먹어야 해서 이것저것 만들다 보니 놀랍게도 음식 솜씨가 팍 늘었어요. 좋아하는 삼겹살도 구워 먹고요. 이러다 폼 나는 요리사가 되는 거 아닌가? 하는 상상도 했어요. 어느새 내 머릿속에는 신문에 대문짝만 하게 내 사진과 이런 글이 올랐어요.

'〈세상에! 이런 맛이!〉라는 요리 프로에 삼겹살 명장 이현우 요리사 출연!'

어때요? 상상인지 공상인지 몰라도 사춘기를 따분하게 보내지는 않은 것 같죠?

고등학교에 들어가자 더 늦기 전에 공부해야겠다는 생각이 문득 들었어요. 친구들은 다들 대학에 가는데 나만 안 갈 수도 없고 또 대학에 가서 공부도 더 하고 싶었어요. 그래서 학교에서 다 못 한 공부를 하기 위해 학원에 다녔어요. 학교가 끝나고 학원에 갔다가 자정이 넘어 집에 오기가 일쑤였지요. 공부를 썩 잘하는 편은 아닌데도 엄마 아빠가 스트레스를 안 주니까 뒤늦게 스스로 철이 들었나 봐요. 하하하. 이게 다 엄마 아빠 덕분이에요. 엄마 아빠는 늘 내게 선택권을 주셨잖아요.

참, 어머니 아버지 이렇게 불러야 하는 거 아닌가요? 그럼 좀 늙어 보이겠죠? 그냥 편하게 엄마 아빠라고 부를게요. 대학생이 된 아들 녀석이 이렇게 부르면 징그러울 수도 있겠지만요.

고등학교 때 열심히 노력해서 그런지 제가 원하는 전자공학과에 들어가게 되었어요. 학교보다 전공이 더 중요하다고 엄마 아빠가 그러셨잖아요. 탁월한 선택인 듯해요. 엄마 아빠 누나에게 편지 쓴다고 해 놓고 어렸을 때 이야기만 잔뜩 썼나 봐요. 미래에 관한 이야기도 해야 하는데…… 다음에 쓸게요.

엄마 아빠 누나, 마지막으로 좀 부끄러운데 제가 지은 시가 있어서 옮겨 볼게요. 중학교 때 사춘기 녀석 때문에 책을 좀 읽었거든요. 어쩌면 제가 시인이 될지도 모르죠. 하하하.

기쁨과 슬픔

기쁨이 온다
기쁨이 간다
기쁨이 간 자리에

슬픔이 온다

슬픔이 온다
슬픔이 간다
슬픔이 간 자리에
기쁨이 온다

슬픔만 떼어 내고 기쁨만 데리고 살면 안 될까?
기쁨과 슬픔은 가족처럼 가까워서 그럴 수 없다

카리스마 넘치는 현우 드림

요나탄 같은 내 동생 현우에게

현우야, 네 편지 잘 받았어.

네가 만든 우체통 정말 멋져. 나도 답장 써 볼게.

내 동생 현우야, 생각나니? 네가 읽어 준 동화책 말이야.

제목이 《사자왕 형제의 모험》이라는 책 말이야. 세상에서 가장 아름답고 슬픈 동화책 같아. 정말 낭기열라에 다녀온 기분이야.

이 책에 형제가 나오잖아. 아픈 동생을 늘 아껴 주고 돌봐 주던 형이 나오는데 이름이 '요나탄'이지? 책에서는 형이지만 꼭 내 동생 현우 같아. 너는 요나탄이고 나는 요나탄의 동생 '스코르판' 같고 말이야.

요나탄처럼 네가 나를 잘 돌봐 주어서 기뻐. 내 동생 현우가 정말 자랑스러워.

고마워. 현우야. 또 편지로 얘기하자.

스코르판 같은 나래 누나가

든든한 아들 현우에게

현우야, 아버지란다.

편지를 받았으니 답장을 써 본다.

네가 중학생이 되고부터 아빠는 일하러 외국에 나가게 되었지.

엄마랑 누나랑 너를 남겨 두고서 말이야. 돈을 벌어서 좋긴 하지만 가족과 떨어져 지내서 쓸쓸하고 외로울 때도 많아. 그래도 나를 기다리는 가족이 있으니 참고 견디는 거야.

어른이 되어서 좋을 때도 있지만 사는 게 마음처럼 되지 않을 때는 허탈하기도 해. 외국에서 일해야 하는 상황 때문에 누나랑 너한테 신경 많이 못 써 준 것 같아 마음이 무겁고 늘 가슴 언저리가 아팠어.

어느새 너는 중학생이 되고 고등학생이 되고 대학에 들어가게 되어서 내 마음이 한결 가벼워졌어. 아빠도 힘들지만 어떤 어려움이 와도 이젠 견디고 이길게. 요즘도 네가 엄마를 많이 도와주고 챙겨 준다고 들었어. 대학 간다고 공부도 알아서 하더니 얼마 전에는 토익 학원도 다닌다며?

엄마나 아빠가 뭘 하라고 말하기 전에 네가 알아서 척척 하니까 기쁘단다. 네가 대견스럽고 아주 자랑스러워.

아빠가 무뚝뚝해서 말로는 못하는데 이렇게 글로 얘기하는 방법도 괜찮구나. 아빠의 빈자리를 우리 아들이 잘 채워 줘서 든든하고 고맙다. 무엇보다 네가 잘 커 줘서 좋고 반듯하게 자라 줘서 기쁘단다.

네가 우리 가족 우체통도 만들었으니 앞으로는 자주 편지로 연락하자.

물론 아빠한테는 편지를 따로 보내야 하는 거 알지? 아빠가 외국에 나가 있어서 받고 싶어도 못 받잖니. 현우야, 잘 지내고 우리 또 연락하자.

멀리 있지만 함께 있는 아빠가

사랑하는 현우야

엄마도 답장을 쓰고 싶은데 글쎄 무슨 말을 할까?

말로는 다 얘기할 수 있을 것 같은데 글로 쓰려니까 어떤 이야기부터 써야 할지 모르겠네. 그냥 말로 하듯이 쓸게.

나도 가끔 네 앨범 속 사진을 본단다. 그런데 친구들이랑 여럿이 찍은 사진을 봐도 네 얼굴만 눈에 쏙 들어와. 이런 게 엄마 마음인가 봐. 카리스마 넘치는 눈에 오똑한 코에 도톰한 입술이 아주 매력적인 아이라서 그런가 봐.

그때는 언제 우리 현우가 초등학생이 되고 언제 중학생이 될까 하고 생각했는데 어느새 대학생이 되었구나. 나는 네가 사춘기 때 별문제 없어서 조용히 지나갔구나 생각했는데 나름대로 생각이 많았구나.

아무래도 중학생이 되면 어린이와 어른 사이를 넘나드는 것 같아 혼란스럽기도 하고 몸의 변화 마음의 변화 때문에 뭔가 복잡하기도 하고 그랬을 거야. 힘든 내색 안 하고 잘 이기고 견디어 주어서 고마워. 네가 엄마 말을 너무 잘 들어서 이모들이 놀린 거 기억나니? 마마보이라고 말이야.

김치볶음밥이랑 떡볶이 같은 요리도 같이 하고 비 오는 날이면 우산 챙겨 나오고 마트 가면 무거운 짐도 들어 주고 생일 선물 사 준다며 같이 밖에 나가고 가끔 엄마랑 생맥주도 한잔 하잖아. 훌륭한 아들을 둔 엄마가 부러워서 이모들이 놀린 거야. 질투 나서 말이야. 너도 그렇게 생각하지?

현우야, 공부만 네가 알아서 하는 줄 알았는데 운동도 열심히 해서 엄마는 아주 기뻐. 체력이 받쳐 줘야 다른 일도 잘할 수 있거든. 그리고 무엇보다 건강하게 지내는 게 가장 좋은 거란다.

아참 네가 적은 꿈의 목록을 봤거든. 스물다섯 가지나 적었더라.

네가 이런 생각을 하는 줄 몰랐는데 보고 깜짝 놀랐어. 대학생이 되더니 제법 어른스럽고 세상을 보는 눈도 확 트인 것 같아. 거기서 세 번째까지만 적어 볼게.

첫 번째, 친구들과 여행 가기

나는 네가 친구들과 자주 여행을 다녔으면 좋겠어. 무슨 일이든 경험이 중요하니까. 새로운 환경에도 접해 보고 또 성격이나 환경이 다른 친구들과도 함께 지내 보는 것도 좋을 것 같아.

사회에 나가면 많은 사람을 만날 거잖니. 어떤 일이든 인간관계가 가장 중요한 것 같아. 서로 소통 없이는 어떤 일도 할 수 없는 것 같아.

두 번째, 해외 봉사 활동 가기

주위에는 우리보다 힘들고 어려운 사람들이 많은 것 같아. 대학에 들어가서 봉사 활동도 다니고 그랬잖니? 해외에 나가서 봉사하는 것도 좋을 것 같아. 그동안 누나를 잘 돌봐 줘서 경력도 빵빵할 테고 말이야.

세 번째, 가족과 함께 여행 가기

대학생이 되어서 가족과 여행 가기가 꿈의 목록이라고? 처음에는 웃음이 나왔어. 그런데 자꾸 생각해 보니까 기특하더라. 그동안 가족 돌보느라 공부하느라 고생 많이 했으니까 앞으로는 친구들이랑 재미있게 여행 다녀. 그런데 말이야. 사람 마음이 참 이상해. 막상 가족과 함께 여행 가기가 목록에서 빠졌으면 엄마는 좀 서운했을지도 몰라.

현우야, 늘 가족 챙겨 줘서 고마워. 엄마는 네가 늘 자랑스럽단다. 그래서 그런지 여섯이나 되는 이모들한테 네 자랑을 하고 다니는 것도 오랜 즐거움이 되어 버렸어.

참, 얼마 전에 네 방 청소하다가 서랍에서 무언가 발견했지 뭐니? 바로 돈 봉투 말이야. 대학 입학했을 때 이모들이 준 돈을 안 쓰고 그대로 모아 두었더라. 대학생이 되면 사고 싶은 것도 갖고 싶은 것도 많을 텐데 말이야. 어쨌든 네 돈이니까 네가 알아서 관리해.

얘기하는 것처럼 쓰려고 했는데 잘 썼는지 모르겠어. 편지 써 본 지 정말 오래된 것 같아. 중학교 때 위문편지 써 본 후로 얼마 만인지 몰라. 네가 우리 가족 우체통을 만들어서 기뻐. 현우야, 우리 편지로 자주 이야기 나누자.

너를 사랑하는 엄마가

내가 보낸 편지에 답장이 이렇게나 많이 왔다. 서로의 생각들을 말로 할 때랑 글로 나눌 때는 사뭇 느낌이 다른 듯하다.

말은 한번 하고 나면 공기 중에 분해되는 느낌이 든다. 하지만 글은 한 글자도 빠트리지 않고 읽고 또 읽을 수 있고 나중에 다시 읽을 수 있다. 그만큼 우리 가족이 얼마나 서로를 생각하는지 알 수 있어서 좋았다.

겉으로는 강해 보이는 아빠지만 보내온 답장을 보면 그리 강하지만은 않은 듯하다. 그만큼 외국 생활이 힘들기도 하고 외롭고 쓸쓸한 것 같다. 또 무뚝뚝한 줄만 알았던 아빠가 나에 대해 깊이 생각하고 있다는 점도 알게 되었다.

누나랑은 동화책에 나오는 주인공이 되어 보기도 했다. 낭기열라에 가서 멋진 여행도 했다. 엄마는 내가 적은 꿈의 목록을 보고 놀란 듯했다. 스물다섯 가지의 꿈의 목록에 부모님에 관한 것도 있다.

열아홉 번째, 부모님 해외여행 보내 드리기
스무 번째, 부모님께 멋진 집 선물해 드리기
스물한 번째, 부모님께 멋진 차 사 드리기

나의 꿈을 이루기 위해 열심히 살아야겠다.

우리 가족 우체통

집필
소회

·
·
·

모든 고통과 슬픔은 빠르게 잊혀져야 할 운명이다
인간의 생존과 행복을 위해서……
'기억 투쟁'은 이러한 인간의 본성을 거슬러 오르는
'불편한 진실'을 향한 고단한 여정이다
이 길에 함께한 이들의 소회를 싣는다

나눔의 길을 배우며

유점림

2학년 3반 이지민 어머니

"딩동딩동……."

드디어 현관 벨이 울렸다. 아직 이른 아침이지만 오늘은 지민이 약전 담당 작가님이 우리 집에 오는 날이다. 나는 조금은 들뜬 기분으로 작가님을 맞이했다.

"어서 오세요. 아침 일찍 먼 길 오시느라 수고하셨어요."

"안녕하세요. 지민이 어머니."

실제 나이와는 달리 삼십대 후반이라기보다는 이십대 후반 정도로 보이는 맑고 앳된 모습이었다. 내 딸 지민이 이야기를 듣고 글을 써 주기 위해 먼 길임에도 여기까지 와 주신 작가님. 이름처럼 고운 미소를 가진 분이다.

오늘 나는 가슴 저미도록 그리운 내 딸 지민이 이야기를 할 것이다. 첫 만남에 다소 수다스럽게 보이지 않을까 싶기도 하지만 용기를 내서 아직 살아 있는 내 가슴속 많고 많은 이야기를 풀어 놓으려 한다. 아무것도 해 줄 수 없었던 무기력한 엄마였기에 더욱 나는 따뜻한 가슴을 지닌 누군가에게 나의 딸 이야기를 전하고 싶었다.

지민이를 보내고 하루하루 밥을 먹고 잠이 드는 것조차 딸에게 너무도 미안했고 가슴 아팠다. 그러면서도 한편으로 나는 어떤 식으로든지 위안을 받고 싶었고 위로를 받고 싶었다. 그렇게 일 년이 또 몇 달의 시간이 흘렀다.

2014년 4월 16일 그날. 그저 당연시하며 살아왔던 삶의 여정을 이유도 모른 채 잃어버려야 했다. 그것은 책이나 영화에서 볼 수 있는 비극 그 자체였다. 그 비극이 내게는 현실이 된 것이다.

숨 쉬는 것조차 힘들었던 통한의 시간들.

작가님은 그런 내 마음에 참으로 정겹게 대화를 나눌 수 있는 분이었다.

그토록 사랑하는 내 아이를 하늘나라로 떠나보낼 수밖에 없었던 말도 안 되는 어처구니없는 일이 생긴 그날 이후 나는 줄곧 생각했다. 사는 게 무엇이었는지? 나는 무엇에 의미를 두고 살아왔는지? 앞으로 어떤 이유로 또 어떠한 삶을 살아야 하는지 내내 생각해 왔었다.

그 힘들고 고달픈 시간 속에 늘 누군가 함께해 주었다. 함께해 준다는 것. 그것은 상처를 안고 사는 이들의 차가워진 마음에 따뜻한 숨을 불어넣어 주는 일이 아닌가 싶다. 작가님과의 만남은 내 아픈 상처를 함께 나누려 하는 또 다른 누군가와의 만남이었고 시간이었다.

가슴 저미도록 보고 싶고 그리운 딸 우리 지민이 이야기를 오롯이 누군가에게 할 수 있었다는 것은 기쁨이었고 행복이었고 나에게 내민 위로와 위안의 손길이었다. 그리고 따뜻한 마음을 나누어 준 주옥과도 같은 시간이었다.

작지만 큰 사랑이라는 말이 있다. 상처받은 이들의 소중한 추억의 이야기를 공감하며 들어 주고 글로 기록해 주는 것은 잊지 않고 기억해 주기 위한 나눔의 실천이라 생각한다. 작가님과의 만남 역시 그들이 우리를 위해 할 수 있는 마음 가득한 나눔의 실천이었다고 생각한다. 그 시간들로 인해 다시 위안을 받을 수 있었고 맘껏 울 수도 웃을 수도 있었다.

주체할 수 없었던 고통과 슬픔을 안고 사는 중임에도 우리는 무책임하고 양심을 저

버린 사람들과 싸워야 했고 몸부림쳐야 했다. 그런 수많은 시련 속에서 나는 지금 조금씩 나이지고 있음을 느낀다. 상처가 아물고 있는 것은 하나둘 작은 나눔들이 있었기에, 그리고 함께해 주고자 했던 수많은 이들이 있었기에 아직 삶의 여정이 계속되고 있는 것 같다.

나는 생각한다. 조금 더 상처가 아물고 세상을 다른 시선으로 볼 수 있게 될 그때가 되면 작은 나눔이라도 나누어 줄 수 있는 삶의 길을 걷고 싶다고……

상처와 슬픔을 안고 사는 이들에게 가슴 한쪽에 따뜻함을 나누어 줄 수 있는 그런 삶이고자 한다. 그래서 사람이 사람다운 대우를 받을 수 있는 세상, 사람이 사람을 소중히 여길 수 있는 세상을 우리 아이들이 살게 하고 싶은 생각이 간절하다.

작가님께 감사를 전하고 싶다. 따뜻한 마음을 나누어 주셔서, 그리고 나눔의 길을 배울 수 있는 시간을 주셔서 지면으로나마 감사 인사를 전한다.

나눔의 길을 배우며

우리 아이들을
기억해 주세요

이미경

2학년 6반 이영만 어머니

엊그제는 수능 시험이 있는 날이었습니다. 전날 밤 아이 방에서 아들 사진첩을 들여다보며 새벽까지 뒤척이다 결국 한숨도 못 자고 일어나 나왔네요.

그러고는 우리 반 엄마들과 함께 피케팅을 하러 갔습니다.

하루 종일 눈물이 나와 훌쩍이며 피켓을 들고 서 있었습니다.

지금 내가 있어야 할 곳은 시험 중인 아이를 위해 간절한 기도를 바칠 교회이어야 하는데……

아침 일찍 일어나 따뜻한 밥과 국을 준비하고 긴장감으로 해쓱해진 아들 얼굴을 만져 주며 말하고 싶었습니다.

"아들! 걱정하지 마. 그동안 열심히 준비했으니까 좋은 결과 나올 거야."

그러면 우리 영만이는 예의 그 천사 같은 미소를 지으며 답하겠지요.

"엄마! 추운데 밖에 계시지 말고 따뜻한 곳에서 기다리세요."

현관문을 나서는 아이의 볼에 짧은 입맞춤을 해 주고 후다닥 뛰어가는 그 뒷모습이 콩알만 해질 때까지 손을 흔들고 또 흔들며 나는 바라보고 있었을 겁니다.

그런데 지금 나는 우리 아이들의 숨결이 그대로 남겨져 있는 교실을 지켜 달라고 피켓을 든 채 눈물을 흘리며 낯선 곳에 서 있네요. 아이들의 무한한 꿈이, 그 소중한 세계 하나하나가 한순간에 깨어져 버린 참사를 잊지 않고 기억하는 곳으로 이 교실이 남겨지길 바랍니다. 그래서 남은 이들이 지금과는 다른 안전한 나라에서 살 수 있도록 교육하는 현장이 되었으면 좋겠습니다. 그런데 사람들은 치우라고 지우라고 합니다. 무엇보다 아직 돌아오지 못한 내 아이의 친구들도 있는데 말입니다. 교실을 치우고 유품을 정리하면 떠난 아이에 대한 그리움도 지워질까요? 세월호 참사는 없던 일이 될까요?

며칠 전 친정어머니께서 영만이가 어렸을 때 입었던 옷이며 물건들을 정리하셨다네요. 저를 위한 그 마음을 알면서도 참 속상했습니다. 제게 영만이는 또 한 번의 17년이 지나고 또 지나도 잊을 수 없는 내 뼈와 살인데 말입니다. 남겨진 아이의 유품을 보며 이제는 만질 수 없는 내 아이의 숨결을 느끼고 싶은데 사람들은 자꾸 치우라고 잊으라고 하네요.

영만이가 태어나던 순간부터 나는 내 아이의 물건들을 대부분 버리지 않고 소중히 간직해 왔습니다. 배냇저고리부터 일기장, 편지, 장난감까지 차곡차곡 모았어요. 언젠가 함께 그 물건들과 사진을 보며 어린 시절의 추억을 이야기할 거라 생각했거든요. 지금도 나는 누군가와 내 아이 영만이 이야기를 할 때가 가장 슬프지만 동시에 가장 행복합니다.

그래서 약전을 쓰기 위해 작가님과 만난 시간은 참 아프고 행복한 시간이었습니다. 많이 울고 웃고 이야기했어요. 원고지 40매에 17년의 시간을 담기에는 부족하지만 그래도 참 고마웠습니다. 광화문 광장에서 삭발식을 하던 날 작가님이 제게 모자를 주고 갔어요. 챙이 넓고 예쁜 모자라서 그 후로도 잘 쓰고 다녔습니다. 그날 제 곁에서 챙겨 주시며 많이 울던 작가님을 생각하면 항상 마음 한쪽이 따뜻해집니다.

지금 나는 아무런 삶의 의미를 갖지 못하고 있습니다. 부유하지 않은 살림이었지만 순하고 바르게 잘 자라 주는 두 아들을 보면서 그저 하루하루가 감사하고 행복했었습니다. 그래서 직장 일도 집안일도 힘들다 생각 없이 신나고 즐겁게 했습니다. 몸이 조금 고단해도 두 아이의 옷은 대부분 직접 손으로 빨았어요. 손빨래를 하면서도 교복을 다림질하면서도 내 아이들이 이 세상에 꼭 필요한 어른으로 자라길 늘 기도했습니다. 너무나 소중하고 귀한 아이들이었기에 어느 곳에서나 귀하게 존중받길 바라는 마음이었습니다. 그래서 정갈하게 세탁해 개킨 아이의 옷이나 물건 위로 함부로 넘어 다니지도 않았어요.

큰소리 한번 낼 일도 없이 착하게 커 준 아이들이었습니다. 학교 학생회장과 부회장 선거에 나갈 때는 함께 홍보물과 연설문도 만들었지요. 직장 일로 바쁜 와중에도 매일매일 아이들의 학교 생활을 함께하다시피 했어요. 그저 제게는 아이들과의 시간이 전부였습니다. 17년의 시간 동안 나의 삶은 온통 영만이의 삶 속에 있었거든요.

시도 때도 없는 엄마의 애정 공세가 싫을 법도 했을 텐데 사랑이 많은 아이였던 우리 영만이는 그런 저를 항상 히히 웃으며 받아 주었습니다. 함께 잠을 잘 때도 꼭 손을 잡고 자고 언제고 엄마와 뽀뽀도 하던 다정한 아이였어요. 그리고 보면 제가 영만이에게 받은 사랑이 더 크고 깊었던 것 같습니다.

하지만 많은 분들과 친구들의 기억처럼 한없이 착한 미소천사였던 영만이가 이제

우리 아이들을 기억해 주세요

는 곁에 없네요. 이 땅에 와서 누려야 했을 더 많은 물질적인 즐거움을 부족한 엄마라 못 해 준 것이 아닌가, 어른들의 그릇된 이기심 때문에 너무 아프게 간 것은 아닐까 매일매일 미안하고 마음이 아픕니다.

아마 17년의 시간이 지나 34살이 되면 따뜻한 남편으로 자상한 아빠로 행복한 가정을 이루고 살았을 겁니다. 이제는 상상 속에서만 존재하는 내 아이의 미래겠지요. 매사에 긍정적이고 밝은 아이였으니 영만이가 만들었을 미래의 세상은 지금과는 분명 달랐을 거예요.

남겨진 내 아이의 친구들과 후배들을 위해서 오늘도 나는 피켓을 들고 간담회에 나서고 있습니다. 그날 우리 아이가 왜 돌아오지 못했는지 밝혀내고 다시는 참사로 아픔을 겪고 고통스러운 삶을 사는 이들이 없기를 바라는 마음으로 또 거리로 나섭니다.

언젠가 이 모든 싸움이(일이) 끝나고 집으로 돌아오면 그때는 또 어떤 희망을 붙잡고 살아갈지 모르겠습니다. 지금도 하루 일과를 마치고 터덜거리며 돌아와 현관문을 열면 욕실에서 머리를 감으며 콧노래를 흥얼거리던 영만이가 생각납니다. 주인 잃은 방에 걸린 영만이 교복에 쌓인 먼지야 털어 낼 수 있겠지만 매일매일 커져만 가는 내 그리움은 무엇으로도 털어 낼 수 없겠지요. 치우고 없애고 잊으라 말해도 기억이 희미해져 가는 만큼 그리움은 커져 갈 겁니다. 내쉬는 숨 한 번마다 들이쉬는 숨 한 번마다에 영만이를 그리며 살아갈 겁니다.

지난 2014년 4월 16일 가라앉는 세월호를 보며 눈물 흘렸던 많은 분들은 그보다 훨씬 더 일찍 잊겠지요. 많고 많았던 안타까운 참사들 중 하나로만 기억하면서요. 하지만 세월호가 침몰한 것은 우리가 사람의 소중함을 너무 쉽게, 너무 빨리 잊으며 살아왔기 때문 아닐까요?

    나는 세월호 참사를 기억함으로써 인간의 권리와 생명의 소중함이 지켜지고 안전한 사회를 만들어 갈 수 있기를 바랍니다. 내 아이는 곁에 없지만 남겨진 아이들과 태어날 아이들을 위해서 세월호의 이야기는 오래오래 기억되기를 바랍니다. 여기 이 책에 실린 한 명 한 명의 아이들을 기억해 주세요. 세월호와 함께 사라진 250개의 우주를, 그 아이들이 만들었을 빛나는 미래의 꿈들을, 그날 이후 지켜 주지 못한 죄책감을 안고 숨 쉴 때마다 아픔을 토하는 부모 형제들과 친구들의 눈물을, 잊지 말고 기억해 주세요.

우리 아이들을 기억해 주세요

이야기로
새롭게
탄생하는 아이들

김순천

르포 작가

희생된 아이를 중학교 때 가르쳤던 한 선생님은 아이의 장례식에 가서 그 얼굴을 쳐다볼 수가 없었다고 한다. 결국 그 선생님은 분향을 하지 못했다. 어떻게 분향을 하겠는가. 이제 막 피어난 자신보다 어린 제자에게 분향한다는 게 현실로 받아들일 수가 없었을 것이다. 아마 우리 작가들이 희생된 아이들의 삶을 기록을 한다는 건 그런 기분이었을 것이다. 기록할 수 없는 이야기를 기록해야 하는 이 비극적인 마음. 그래서 두려웠고, 그래서 더 잘 기록해야 된다는 마음이 들었다. 기록하면서 떨리는 마음을 어찌할 수가 없었다.

　250명의 아이들을 140여 명의 작가들이 함께 기록한다는 말을 들었을 때 이게 가능한 일인가, 이런 기록이 있을 수 있는가, 이 불가해한 작업을 믿을 수가 없었다. 하지만 이 불가능할 것 같은 작업이 현실로 이루어졌다. 나는 이 과정이 인간의 순전한 마음이 빚어낸 작은 기적이라고 믿는다. 아이들이 살았던 마을에서 나도 삶을 나누며 살고 있었기 때문에 나는 기록하는 작가들의 모습을 간간이 지켜볼 수 있었다. 그리고 많은 부모님들로부터 그들의 모습을 전해 들을 수 있었다. 아이들에게 닥친 비극의 무게를 견디지 못해 기록을 포기하는 작가들도 있었지만 대부분의 작가들은 정말 성심성의껏 그분들의 고통을 함께 견디며 기록을 하였다. 4.16 1주기가 지나고 많은 사람들이 떠나간 외롭고 쓸쓸한 텅 빈 마을에 유일하게 많은 작가들이 들어와서 부모님들과 형제자매들, 그리고 친구들의 허전하고 억울하고 분노스럽고 고통스럽고 슬픈 마음을 들어 주었다. 손잡아 주고 음식도 만들어서 같이 먹고 동영상도 만들어 주었다. 희생자 부모들을 비롯한 많은 사람들이 위로를 받았다. 나는 작가들이 참으로 고마웠다. 이렇게 많은 것들을 함께 견뎌 주는 작가들이 있어서 나는 좀 쉴 수가 있었고 마음을 놓을 수가 있었다. 부모님들의 육성 기록인 《금요일엔 돌아오렴》을 다른 작가들과 함께 기록하고 나서 나는 책에 열세 분의 부모 이야기밖에 담지 못한 것이 항상 나머지 가족에게 마음의 빚으로 남아 있었다. 그런데 그 빚을 작가들이 덜어 주어서 그들에게 더 각별히 감사했다. 부모님들은 성심성의껏 기록해 주는 작가들의 마음들이 고마워 직접 뜨개질해서 가방을 만들어 주고 목걸이를 만들어 주고 지갑을 만들어 주고 맛있는 것들을 사 주기도 했다. 어떻게 보면 기록 그 자체도 의미가 있지만 이런 부모들을 비롯한 많은 사람들과 서로 마음을 어루만지고 나누는 과정이 더 소중했는지도 모르겠다.

아이들에 대한 삶의 기록은 대부분 마을에서 이루어졌다. 아이들이 친구들과 만나 함께 숙제를 하던 나무그늘 북카페에서, 살았던 자신의 집에서, 아이가 자주 갔던 음식점 한스델리와 알바했던 동명상가 불낙지집에서, 힘들고 답답하면 달려갔던 진덕사라는 절에서…… 어떤 어머니는 아이가 지냈던 좀 널따란 다락방을 처음으로 공개하기도 했다. 친구들이 자주 놀러 와서 함께 놀았던 비밀스런 공간이었다. 어머니는 사건이 나고 한 번도 그 방을 공개하지 않았다. 치우지도 않았다. 방은 아이가 먹던 과자 봉지 그대로 놓여 있었다. 외로웠던 한 아이가 가서 기도했던 조그마한 교회에서, 아이들이 만나서 함께 학교를 가고 저녁이면 함께 운동을 하던 화정천에서, 함께 김밥을 먹었던 분식집에서, 재미있게 친구들과 놀던 성당에서, 선부동 청소년 문화의 집 노래

방에서, 아르바이트 하러 갔던 반월, 시화공단에서…… 그렇게 마을 곳곳에 아이들은 흔적을 남겼다. 그 흔적들을 작가들은 빠짐없이 기록을 하였다. 내가 사는 마을이었지만 이렇게 많은 이야기들이 숨어 있는 줄 몰랐다. 나는 이 아이들의 기록으로 마을을 새롭게 인식하는 계기가 되었다. 아이들과 십여 년을 한동네에서 함께 살고 있었으면서도 아이들이 마을에서 그리 멀지 않은 반월, 시화 공단에서 아르바이트하면서 용돈과 학원비를 벌었다는 사실을 모르고 있었다. 주말이면 새벽같이 인력 회사에 가서 기다렸다가 일감이 주어지면 하루 열 시간씩 일을 했던 것이다. 좀 더 깊은 아이들의 삶의 이면이 생생하게 나에게 다가와 마음을 아릿하게 하였다. 마을 안에 아라비안나이트보다도 더 많은 이야기들이 숨어 있었던 것이다. 아이들이 자주 갔던 중앙동을 가 보고, 영화를 봤던 영화관도 다시 가 보고, 가족끼리 외식을 하던 물왕저수지도 가 보면서 아이들의 세계를 좀 더 섬세히 들여다볼 수 있었다. 하마터면 사라질 뻔했던 수많은 일상의 모습들이 다시 생생히 되살아났다.

맞벌이하는 부모들이 많아 친구들과 각별히 친했던 아이들…… 집에서 모여서 놀다가 야근하고 돌아온 아버지를 위해 또 다른 집으로 이동을 하면서 놀았던 아이들. 서로서로 살을 부비면서 삶의 에너지를 함께 나누고 서로 다른 차이들로 부딪치면서 성장하고 외로움을 달랬던 아이들. 제2의 정신이 만들어지는 십대에 이렇게 수많은 시간을 함께 보내며 인간을 배우고 사랑을 배웠던 아이들. 그 아이들을 기록하면서 그들이 뿜어내는 체취와 향기가 그대로 되살아나 정신이 혼미해지곤 했다. 아이들 서로가 얼마나 많은 것들을 나누었는지. 연예인 이야기, 콘서트 이야기, 학업 이야기…… 아주 작고 작아 일상으로 깊게 들어가 캐내기도 힘들었던 섬세한 이야기들. 수많은 꿈들에 대한 이야기. 큐레이터, 모델, 작가, 좋은 아버지, 역사 선생님, 피디, 로봇 박사, 법률가, 가수, 마술사, 애니메이션 제작자, 세계 여행가, 사회복지사, 과학자, 작곡가, 피아

이야기로 새롭게 탄생하는 아이들

니스트…… 그리고 무엇보다 현재를 행복하고 재미있게 살고 싶었던 아이들…… 그들이 남겨 놓은 건 장소의 흔적만이 아니었다. 이런 보이지 않은 꿈들과 방황했던 수많은 시간들과 눈처럼 휘날리는 빛나는 생각들…… 프랑스 역사학자 피에르노라가 표현했듯이 우리는 어쩌면 장소의 기억이 아니라 '기억의 장소'가 필요한지도 모르겠다. 보이지 않은 수많은 아이들의 꿈 안에 나는 아이들의 '기억의 장소'를 만들고 싶고 이미 작가들이 기록한 수많은 아이들의 이야기 속에 그 '기억의 장소'는 만들어지고 있는지도 모르겠다. 그런 의미에서 아이들이 생활했던 단원고 교실 존치 문제를 둘러싸고 벌어진 이야기들은 마음을 아프게 했다. 보이는 책상, 걸상, 2014년에 멈춰 있는 달력 그 자체도 중요하지만 보이지 않은 수많은 '기억의 장소'를 상상하기 위해, 그 장소들을 발굴하기 위해 우리는 그 교실을 지켜야 하는 것이다. 어쩌면 그 교실이 사라지는 순간 마을 안에서 나누었던 아이들의 수많은 꿈과 체취들도 한순간에 사라지고 말 것이다.

아이들의 이야기를 기록하면서 나는 많은 마을 친구들과 아이들을 가르쳤던 선생님들도 만났다. 마을 친구들 수십 명을 한꺼번에 잃었던 그 친구들의 마음에도 깊은 상처들이 있었다. 그 외롭고 두려운 텅 빈 공간을 남은 아이들이 거닐고 있었다. 선생님들도 지금 많이 아파한다. 한꺼번에 너무 많은 제자들을 잃었다. 선생님들은 지금 그 아이들의 형제자매들을 가르치고 있다. 그 아이들도 형이 없는, 누나가 없는, 언니가 없는 시간을 함께 손잡고 견디고 있다. 그 형제자매 중 많은 아이들이 아직도 입을 열지 못하고 있지만 작가들에게 마음을 털어놓은 아이들도 있었다. 이들에게 이 기록이 작은 선물이 되었으면 좋겠다. 그들의 이야기가 수많은 이야기로 되살아나 이 세상에 스며들기를, 많은 사람들의 마음에 깊게 파고들기를 바란다.

한 달 전에는 큐레이터와 화가, 만화가, 작가들이 아이들이 살았던 마을 안으로 찾아와 그들과 함께 그곳을 돌고 돌았다. 나는 약전을 쓰면서 발굴한 이야기를, 작가들에게 들었던 아이들에 대한 섬세한 이야기들을 그들에게 전해 주었다. 그들은 내 이야기 속에서 새로운 또 다른 뭔가를 찾아냈다. 힘들 때면 학교 앞 분식집 이모를 끌어안고 울었던 아이들. 아빠가 일하던 공장에서 함께 시간을 보내던 아이들. 그 아이들의 이야기 등이 4.16 기억 프로젝트 시리즈로 재탄생되었다. 그 첫 번째 시리즈 〈선물〉이 90장의 손 그림으로 만들어져 지금 기억전시관에 전시되고 있다. 또 인문학자 둘이 찾아와 아이들이 공부했던 단원고 교정을 둘러보고 아이들이 자주 갔던 나무그늘 카페에 가기도 했다. 나는 거기서 또 작가들이 나에게 들려주었던 이야기를 그 인문학자들에게 들려주었다. 그 이야기들이 인문학자들에게서는 어떠한 내용으로 재탄생될지 사뭇 궁금하기도 하다. 이런 변형되고 새롭게 탄생되는 다양한 형태의 아이들의 이야기들이 우리들 삶의 또 다른 시작을 알리는 좋은 징조일 것이다. 우리들은 수많은 희생된 아이들의 이야기와 함께 살아가야 하는 것이다.

이야기로 새롭게 탄생하는 아이들

우리의 안일을
이겨 내고,
기억하기 위해서

노항래

약전발간위원

본 약전 집필에 참여한 140여 명 작가 명단을 들여다보다가 울컥했습니다. 이 많은 분들이, 어느 집단의 사람들보다 독립적이고 또 제각각인 분들이 한 작업에 함께 매달려 이 일을 해냈다고 생각하니 숙연해집니다.

제 이름 곁에 적은 역할 명 '약전발간위원'은 자기가 맡은 반 학생들의 약전을 담당한 작가들을 독려하고, 원고 상황을 점검하고, 때로 펑크가 난 원고 작업에 투입되기도 하는 이 일의 중간 실무자이며 동료 작가인 사람입니다. 그런 위원 여섯 명 중 한 사람으로서 나는 지난 일 년여 동안 제가 맡은 반의 작가들 삼십여 명의 연락책으로서, 원고의 진행 상황을 점검하고 독려했습니다. 막바지 원고 독려 때는 젊은 시절 내가 맡아 일한 경험이 있는 잡지사 편집장의 역할을 다시 하는 것만 같았습니다.

"그래서, 언제까지 마무리하실 거예요!" 그런 독촉 전화를 수도 없이 받았던 여러 작가님들께 죄송하고 또 더더욱 감사하게 됩니다. 제때 원고를 마쳐 주신 작가들보다 속썩이며 시간을 끈 작가들의 이름이 더 소중하게, 더 진하게 제 기억에 남아 있습니다. 이것이 얼마나 대단한 일인지, 긴 작가 명부를 보면 알 수 있습니다.

그해 봄 그날, 우리 사회의 모든 이들처럼 저 역시 절망했습니다. 돌아올 수 없는 아이들. 그 무거운 책임. 더구나 그때 난 경기도의 어느 선거 캠프에서 선거 운동을 돕는 사람이었습니다. 그 때문에 단원고등학교 정문 앞과 안산시의 여러 병원 장례식장을 같은 날에 몇 번씩 찾아가기도 했습니다. 죄스러움, 한없이 작아지는 느낌, 무엇을 해야 하나, 이 일을 어떻게 우리 가슴 속에 새겨 두어야 하나? 그런 열패감 속에서, 희생 당한 모든 학생과 교사의 전기를 기록하면 어떨까를 생각하게 되었습니다. 오늘 이렇게 잊지 않겠다고 다짐하지만, 시간이 지나 나는 잊지 않겠다는 다짐마저도 기어이 잊지는 않으려나……

내가 잊지 않기 위해서, 이 일이 얼마나 참혹한 일인지, 수많은 우주를 지우고 수많은 꿈들을 무너뜨린 일이었던지를 새겨 두기 위해서 이런 기록을 구상하게 되었습니다. 그리고 이런 각성과 다짐, 이런 안전장치는 내 이웃들 누구에게도 해당할 수 있는 일이었습니다. 그래서 이런 구상을 경기도교육청 교육감직인수위원회에 정식으로 제안했습니다. "희생 학생, 교사들의 삶을 모두 기록합시다."

논란 끝에 이 사업이 경기도교육청의 사업으로 채택되었습니다. 저도 위원으로 참여하게 되었고, 일 년을 넘는 기간 동안 이 일의 한 부분을 맡아 일했습니다. 돌아보면 악역이었습니다.

우선 이 약전 쓰기 사업에 대해 희생자 가족들에게 설명하고 동의를 얻는 일이 쉽지 않은 일이었습니다. 학부모님들 모임에 나가서 이 사업의 취지를 설명하고 인터뷰에 응해 줄 것을 청할 때, 힘든 시절을 견뎌 가는 부모님들의 상처에 소금을 뿌리는 것만 같은 심경이었습니다. 그 고통에 아무런 위로도 줄 수 없는 처지에서, 기억을 들추고 다시 눈물짓게 하는 못된 이웃이 된 것만 같았습니다. 그래도 하지 않을 수 없었습니다. 학부모 모임에 갔던 날, 사업을 설명하고 어렵게 여러 학부모님들의 동의를 받은 뒤에 이어진 술자리에 합석했다가 학부모님들 사이의 사소한 말다툼이 큰 싸움으로 번져 가는데, 어쩔 줄 몰라 하며 우두커니 눈치만 보고 있던 장면이 눈에 선합니다. 아무도 돌보지 않는 고립무원의 처지에서, 누구로부터도 위로받을 수 없는 가족들이 다툼으로 자신의 한을 푸는데, 나는 그저 우두커니 떠밀려 날 수밖에 없었습니다. 누군가 제게 말했습니다. "왜 이리 눈치가 없으세요. 슬쩍 나가세요. 작가 선생이 낄 자리가 아니잖아요."

　가족들의 동의를 구한 뒤에는 작가들과 가족을 연결해야 합니다. 다른 위원들이 작가들과 놀라운 일체감을 만들며 어울리는 걸 보면서도, 저는 제 나름 가장 사무적인 태도로 이 일을 했습니다. 작가들 사이의 정서적 연대감이 일의 효율을 높인다고 여기지 않았기 때문입니다. 힘든 작업에 참여를 자원한 작가들에게 감사할 일이나 '발간위원'으로서 내가 해야 할 일은 원고를 쓰도록 독려하는 일이라는 입장이었습니다. 원고 매수를 알리고, 마감일을 확인해 드리고, 인터뷰 참고 사항 등을 전달하는 게 기본이었습니다. 무엇보다 작가들을, 자원한 그분들의 열정을 믿었습니다. 그렇게 저를 변명하고 싶습니다.

　가족의 슬픔에 맞서면서 인터뷰를 이끄는 일도, 그 작업을 통해 가족들이 자신의 슬픔을 딛고 나올 수 있도록 돕는 일도, 무엇보다 희생 학생의 삶을 복원하는 글을 써내는 일도 작가 개인이 오롯이 감당할 일이다, 이 작업에 참여해 준 작가 자신이 선택한 일이 아니더냐, 저는 그렇게 생각했습니다. 그러면서, 위원으로서 제가 감당해야 할 책임의 상당 부분은 작가들에게 넘겨졌습니다. 작가들은 가족들을 대면하면서 제가 먼저 졌어야 할 책임, 위로하고 보듬고 편하게 진술하도록 이끄는 일을 도맡아야 했습니다. 내가 맡은 반 학생의 약전을 담당한 작가가 과로로 세상을 뜨는 일도 겪었습니다. 슬픔을 가누지 못하는 가족을 만나 열 시간 동안 가족 인터뷰를 했노라는 작가의 울음 섞인 하소연도 들어야 했습니다. 그럴 때마다 저는 작가들께 마감일을 주지시키는 걸 빠트리지 않았습니다. 이게 잘한 짓인지, 냉혹한 행위인지 저는 지금도 판단하지 못합니다. 돌아보면 슬픈 일입니다.

다만, 처음부터 이 일은 슬플 수밖에 없는 일이었을 뿐이라고 스스로를 위로하기도 합니다. 내가, 우리가 슬픔을 견딤으로써 무엇인가 선을 이룰 수 있다면 마땅히 그 슬픔을 감당하겠노라, '이보다 백배, 천배 더한 슬픔을 견디는 이들이 있지 않더냐'는 심경이었습니다.

그런 곡절을 거치며, 마음속 갈등과 원망을 이겨 내며 이 작업은 진행되었습니다. 이 일을 제안하고, 또 말석에서 이 일을 담당해 온 한 사람으로서, 어찌 작가들에게 감사하지 않을 수 있겠습니까.

4.16 이전과 이후를 말합니다. 달라져야 한다고 다시는 그런 우둔한 일을 반복하지 말아야 한다고, 물신과 무관심, 이기와 반교육의 과거와 달라져야 한다고, 달라지겠노라고 우리는 말해 왔습니다. 정녕 그렇게 하고 있는가, 그 먹먹했던 다짐처럼 달라지고 있는가를 돌아보면 또 절망하게 됩니다. 기실 우리는 아무것도 달라지지 않았습니다. 4.16 이전의 우리 사회, 우리 교육, 우리 행태는 고스란히 되풀이되고 있습니다.

어쩌면 달라져야 한다는 우리의 다짐이 얄팍하고 값싼 것이었습니다. 사태의 참혹함을 깊이 들여다보지 않는 가벼움, 자신을 포함한 성찰에 부실한 나 자신을 인정하지 않을 수 없습니다. 그런 얄팍함과 부실함을 모으고 또 모으면 결국 오늘 우리 사회의 민낯, 아무것도 달라지지 않은 우리 사회, 우리 교육, 우리의 행태로 귀결될 수밖에 없음을 알게 됩니다. 그래서 우둔하고 완고한 우리 자신을 위해 이 작가들이 이 글, 260여 명의 청춘들, 교사들의 삶을 복원한 이 글을 썼고, 우리 사회 이웃들에게 전해 드리는 것입니다.

어떤 이들이었는지, 지금 우리 곁에 있다면 무엇을 꿈꾸며 어떻게 살아가고 있으려는지 되돌려 보여 주는 기록입니다. 이것이 얼마나 참혹한 일이었는지, 왜 우리가 달라지지 않으면 안 되는지를 새기게 하는 말 그대로의 육필 원고입니다.

기록이 기억을 지배합니다. 기억은 흐릿해지더라도 여러 계절 울며 말하고 울며 적은 이 기록이 우리의 기억을 초롱초롱하게 지켜서 별이 된, 우리 곁에 있어야 할 그들의 삶을 복원해 줄 것입니다. 기록을 곱씹어 읽다 보면 어느 때든 곁에 있어야 할 이들이 우리의 기억 속으로 돌아오고, 마침내 달라진 우리를 만날 수 있게 될 것으로 믿습니다.

우리가 잊지 않기를, 우리가 그들을 그토록 참혹하게 떠나보낸 장본인이라는 자각을 놓치지 않기를, 이 기록이 우리의 기억을 끊임없이 새롭게 되새겨 닦아 주기를 소망하고 서원합니다.

우리의 안일을 이겨 내고, 기억하기 위해서

그 애의 이름은
'아가'였다

안재성

소설가

가난한 소작인이었던 그의 아버지는 술에 취해도, 술을 안 마신 날도, 자식과 아내를 때렸다. 아무리 열심히 소꼴을 베어 오고 나무를 해 와도 트집이 잡혀 매를 맞아야 했다. 그때마다 이모가 그를 '아가'라 부르며 위로해 주었다. 그래서 그는 두 아들만큼은 절대로 야단치지 않고 때리지 않고 키우겠노라 결심했고, 그렇게 살았다. 이모처럼, 두 아들을 부를 때면 이름 대신 꼭 '아가'라 했고, 화가 나는 일이 생겨도 절대 언성을 높이지 않고 '아가, 왜 그러냐?'고 달랬다.

세월호 희생 학생들 약전을 맡은 처음에는 승용차가 안산으로 들어서기만 해도 눈물이 났다. 학생 부모를 취재할 때는 물론, 누군가에게 학생들 이야기를 꺼내기만 해도 목이 잠기고 눈물이 나와 말을 하지 못했다. 다른 작가들도 마찬가지였을 것이다.

여러 부모님들을 만나고 분향소와 유족 대기실을 집처럼 드나들면서 조금씩 적응이 되어도, 내 자식을 잃은 것 같은 상실감과 분노와 허탈은 좀처럼 가시질 않았다. 실은 집필 작업이 다 끝난 지금도 마찬가지다.

취재한 여러 학생 부모들 중에도 특히 그를 만났을 때의 충격은 아마도 평생 내게도 상처로 남을 것 같다. 학생 이름을 쓰지 못하는 것은 학생의 할머니가 아직도 손자의 죽음을 모르고 있으니 약전 이외에 어디에도 이름을 쓰지 말아 달라는 '그'의 부탁 때문이다.

늦은 봄날 오후, 처음 그를 찾아간 때도 그랬다. 시흥에 있는 그의 아파트에 들어섰을 때, 바깥보다 더 차가운 서늘한 기운이 도는 느낌이었다. 오십 평은 될 듯 넓고 고급스런 아파트였는데, 분명 집안에는 수척하게 몸이 상한 '그'밖에는 없었다. 그런데 한참 이야기를 나누던 그가 문득 아들의 방이라며 문을 열고 먼저 들어가며 말하는 것이었다.

"아가, 작가 아저씨가 오셨다. 인사해라, 아가."

나는 '아가'라 불린 아들이 방안에 있는 줄 알았다. 작은 아들이 와 있었나 싶어 따라 들어갔다. 아무도 없었다. 책상에 죽은 아들의 영정 사진 앞에 친구, 친척들이 보내온 선물과 편지들만 쌓여 있었다. 그는 빈 의자를 향해 또 말을 거는 것이었다.

"아가, 작가 아저씨가 네 이야기를 쓰러 오셨단다. 인사드려야지."

아! 그의 아가는 살아 있었던 것이다! 침대 위에도 살아 생전 그대로 개지 않은 이불과 함께 베개에 아가의 사진이 올려져 있었다. 책상 위의 바나나우유가 눈에 띄었다.

"우리 아가는 우유가 없으면 밥도 못 먹습니다. 그래서 매일 새 우유를 책상 위에 놔 줍니다. 밤이 되면 내가 마시고 아침에 다시 사다 놓습니다."

매일 밤, 그는 아들 방에 전등을 밝혀 놓는다. 전등을 켜지 못한 채 밖에서 밤을 맞을 때면 아들이 무서울까 봐 서둘러 들어와 불을 켜 주어야 마음이 놓인다.

세월호 아이들은 좀처럼 부모 곁을 떠나지 못한다. 일 년이 훨씬 지난 지금도 마찬가지다. 내가 취재한 부모 중 누구도 자식과의 이별을 허락한 사람이 없었다. 마음속에 살아 있을 뿐 아니라, 자기 눈앞에, 현실 속에 실제로 살아 있다는 환각에서 헤어나지 못하는 이들도 많다. 그가 바로 그런 부모의 한 명이었다.

왠지 가기 싫다며 수학여행을 떠난 아들이 구명조끼를 친구에게 벗어준 채 5일 만에 시신으로 나왔을 때부터 그랬다. 살아 생전 모습과 거의 다르지 않은 아들은 입술만 새파랄 뿐, 꼭 살아 있는 것 같았다.

"우리 아가는 살아 있어! 인공호흡을 해야 해!"

마구 소리치며 사람들이 말릴 겨를도 없이 아들의 입을 빨아 물을 뽑아냈다. 부패가 시작된 아들의 입에서는 연붉은 핏물이 나왔다. 보다 못한 구급대원들이 뜯어말리며 영안실로 이송하려 하자 그는 손으로 아들의 차가운 배를 쓸어 온도를 높이려 애쓰며 부르짖었다.

"우리 애는 살아 있어! 빨리 응급실로 데려가! 우리 애는 안 죽었어!"

구급대장이 선한 사람이었다. 눈물로 지켜보다 못해 시신을 응급실로 후송해 주었다. 그는 응급실에 눕혀진 아들의 시신을 자기 몸으로 감싸 안아 체온을 높이려 발버둥 치며 울었다. 다들 영안실로 데려가야 한다고 설득했지만 그는 완강히 거부했고, 기어이 경찰 병력이 동원되어 강제로 옮겨야 했다.

"아가! 아가!"

영안실로 가는 길에도 그는 울부짖으며 아들을 덮은 시트를 들추고 얼굴을 들이댔다. 아들의 냄새를 조금이라도 더 맡아 보려 함이었다. 사람들은 악취로 근처도 오지 않으려는데 시트를 들추고 아들의 몸에 얼굴을 박고 울며 따라갔다.

미쳤다는 말이 두뇌가 병들었다는 뜻이라면, 그는 결코 미친 게 아니다. 다만 가슴 한쪽이 베어 나갔을 뿐이다. 일 년이 지난 지금도 마음속에 아가가 그대로 살아 있다는 것뿐, 자신의 '아가'가 다시는 돌아올 수 없다는 것을 그는 잘 알고 있다. 그는 충분

그 애의 이름은 '아가'였다

히 이성적인 사람이었다.

"우리 아가 곁에 가 버리고 싶은 마음밖에 없습니다. 아무런 희망이 없습니다. 죽고만 싶습니다."

말하며 열어 보이는 통장에는 1억 8천만 원에 이르는 거금이 들어 있었다. 세월호 보상금이 아니다. 예전에 살던 아파트를 매각한 돈이다. 20년 넘게 대형 탱크로리를 운전해 온 그는 노동자치고는 잘사는 편이다. 중학교 2년을 중퇴하고 맨몸으로 상경해 48살까지 하루 네 시간밖에 못 자며 고생한 결과다. 세월호 투쟁에 나가다 보니 시간 엄수가 필수인 탱크로리를 계속할 수가 없어 개인택시로 전업해 지금도 이틀에 하루는 24시간 택시 운전을 한다.

"저들은 우리 유가족이 돈 때문에 싸운다고 매도합니다. 보상금이 팔 억이니 십 억이라고 떠들어 댑니다. 그 보상금 속에 국민 세금은 들어 있지도 않은데 마치 우리가 세금을 뜯어 가는 것처럼 허위 선전을 합니다. 나는 어떤 보상도 받지 않을 겁니다. 어떻게 내 아들을 돈하고 바꿉니까? 나는 보상 거부하고 민사 소송으로 끝까지 이 개 같은 정부와 싸울 겁니다."

실제로 그는 정부 주도로 만들어진 세월호대책위 회의장을 난장판으로 만들곤 했다. 어떻게든 심층 조사를 못 하게 하려고 온갖 트집으로 회의를 방해하는 일부 위원들에게 저주의 욕설을 퍼부어 댔다. 누구는 그렇게 하면 안 된다고, 그 사람들을 살살 달래서 함께 가야 한다고 말렸지만 하소연해서 들어줄 자들이라면 벌써 다 해결됐을 거라고 끝까지 그들에게 욕을 퍼부었다.

같이 흥분하고 같이 울다 보니 저녁 시간이 되었으나 그나 나나 도저히 밥을 먹을 수가 없었다. 무엇을 먹어도 가슴에 얹혀 체할 것만 같았다. 아니, 그는 이미 거의 아무것도 먹지 못하며 살고 있었다. 가족 앨범을 함께 볼 때였다.

"이 분은 누군가요? 아이의 삼촌인가요?"

가족사진 속의 낯선 남자를 가리키며 물으니 아니라고 한다.

"세월호 사고가 나기 전의 제 모습입니다."

얼마나 놀랐는지 모른다. 사진 속의 그는 조금 통통하다고 말해도 될 정도로 건강한 모습인데 불과 일 년여 만에 거의 뼈만 남은 낯선 얼굴로 변했던 것이다. 그만, 그의 메마른 손을 잡고 울고 말았다.

집으로 돌아오는 고속도로에서 자꾸만 그의 말이 떠올라 불안했다. 자기도 아들 곁에 가서 함께 살고 싶다는 말이 자꾸만 가슴을 찔렀다. 저녁도 함께 못 하고 나온 것이 마음에 걸렸다. 전화를 걸어 저녁 챙겨 먹었느냐 물었더니 그 말에는 대답을 못하고 자꾸 고맙다고만 한다. 아들 이야기를 써 주어서 고맙고 자기 말을 들어 줘서 고맙다고.

평생을 쉬지 않고 일만 해 온, 어느 누구에게도 죄를 지은 적 없이 살아온 그가 왜 누구에게 고마워해야만 하는 사람이 된 것일까? 왜 국가 기관의 회의장에 난입해 저주를 퍼붓는 사람이 된 것일까? 그 책임은 누가 질 것인가?

그 애의 이름은 '아가'였다

작은 기적
그리고 기억

오현주
약전발간위원

"아침에 일어나 창 너머에 안개가 자욱한 날에는 그냥 쓰러져 울어요. 그날 아침 안개 속으로 떠난 내 아이가 금방이라도 올 것 같은데……"

어느새 싸늘하게 식은 커피 잔을 그러잡은 어머니의 손가락 위로 후두둑 눈물방울이 떨어졌다.

나는 말없이 젖은 그녀의 손 위에 내 손을 얹었다. 사위에 깔린 짙푸른 어둠 속에 별들이 반짝인다. 별이 된 아이들이라고 사람들은 말했다. 안개 속으로 떠나 별이 된 아이들.

아이들이 떠난 지 겨우 일 년 반이 지났는데 벌써 세상 사람들에게 세월호는 그저 숫자로만 기억되고 있었다. 다만 4.16과 304명으로 시작된 숫자가 어느새 배 보상금 몇억으로 바뀌었을 뿐이었다. 304명 희생자는 모두 이름을 갖고 있고, 특히 단원고 2학년 아이들은 모두 꽃처럼 귀한 존재였다. 우리는 이들의 이야기를 기록함으로써 261명의 숫자가 아닌 한 사람 한 사람의 아름다운 생이 어떻게 파괴된 것인지를 말하고 싶었다. 그리고 무엇보다 기억하고 싶었던 것은 안개 속으로 떠나 하늘로 소풍 간 아이들의 밝은 웃음과 설렜던 꿈이었다. 세월호와 함께 사라진 것은 304명의 고귀한 생과 그들이 우리와 함께 이루었을 희망의 미래였음을 잊지 않고 싶었다.

약전을 쓰는 과정은 쉽지 않았다. 인터뷰를 하고 글을 완성하기까지 작가들의 고통은 적지 않았다. 참사 이후 안산을 떠난 가족들과 만나 취재를 하고 돌아온 어느 작가는 온몸의 기운이 다 빠져나간 듯 힘들다고 했다. 전화기 너머로 인터뷰 상황을 알려주는 작가들의 목소리는 종종 낮게 잠겨 있었다. 인터뷰 도중 말을 잇지 못하고 흐느끼던 아버지의 모습이 내내 잊히지 않는다며 목메여 말하던 작가. 세 번에 걸친 인터뷰를 마치고 돌아올 때마다 일주일씩 앓아누웠다던 고운 목소리의 작가가 보내온 약전을 읽고 나는 사흘 내내 잠을 잃었다. 사람들이 잊기 시작한 아이들의 삶과 미소가 글을 쓰는 작가들에게는 심장 속 깊이 새겨져 가는 중이었다. 반 모임에 지속적으로 참여하면서 내게도 아이들 한 명 한 명의 얼굴이 부모님들의 모습과 함께 새겨져 가고 있었다. 슬픔이 무릎까지 차올라 걸을 때마다 온몸이 휘청이는 것 같았다.

담당한 가족들과 작가들의 연결이 끝나자마자 나는 세 명의 작가들과 팽목항으로 달려갔다. 해질녘의 잔잔한 팽목항 바닷가. 빨간색 하늘나라 우체통 앞에 앉아 말없이 그 바다를 바라보았다. 일 년 전 그날 그 바다도 저렇듯 잔잔했다는데⋯⋯ 304명의 꽃 같은 생명을 집어삼킨 바닷물은 변명조차 못 하고 그저 비릿한 한숨만 토해 내고 있었다. 그리고 바람은 말을 잃은 우리에게 외쳐 대고 있었다. 이대로 바다처럼 침묵한 채 잊어버리면 안 된다고 노란 리본들을 흔들며 쉼 없이 소리치고 있었다.

팽목항에 차려진 분향소에는 작은 영정들로 한쪽 벽이 가득 찼다. 언제나 분향소에 들어설 때면 너무 많은 그 사진들에 할 말을 잊고 가슴이 뻐근해진다. 새벽에 눈을 뜬 나는 그곳에서 한 명 한 명의 아이들과 이야기를 나누었다. 담당한 작가들을 소개하고 우리 모두 최선을 다해 잘 만들어 보겠다고 약속했다. 영정 사진 속 너머 아이들이 대답하는 것 같았다. 잘될 거라고, 걱정 말라고. 그날 분향소에서 오래오래 눈을 맞춘 아이들은 모두 예쁘게 웃고 있었다. 나는 그날 보았던 아이의 웃는 모습을 이야기했다.

"팽목항에 가셨었군요. 언제요?"

얼룩진 눈가를 손가락으로 닦아 내며 어머니는 내게 물었다.

"지난 5월에요. 작가들이랑 같이 갔었어요. 새벽에 혼자 분향소에서 우리 반 아이들 한 명 한 명 바라보며 이야기를 나누었거든요. 한참 동안 이야기 나누다 보니 우리 반 아이들은 어쩜 그리 하나같이 예쁘고 잘생겼을까 싶더라구요. 미모순으로 반편성 했나 봐요."

"그랬어요? 아 정말 맞아요. 나도 사진 보면서 다들 어쩜 저리 예쁘고 잘생겼을까 했었죠."

그녀의 눈이 잠시 반짝였다가 아련해진다. 입가에 살며시 그려지는 어머니의 미소를 보니 유난히 얼굴이 희고 키가 컸던 아이의 모습이 떠오른다. 사진 속에서 보았던 아이의 따뜻하고 다정한 그 미소.

우리는 한참 동안 아이들 이야기를 나누었다. 떠나간 아이들과 남겨진 아이들 이야기로 울고 웃고 그렇게 또 한 시간이 갔다.

"아쉽지만 이제 가셔야죠. 집에서 식구들이 기다리겠어요."

식어 버린 커피잔을 내려놓고 바라본 시곗바늘은 어느새 밤 9시가 훌쩍 지나 있었다.

"네, 가야죠. 오늘 만나면 어색하지 않을까 걱정했는데 막상 만나니까 좋네요."

차를 타고 돌아오는 길 옆자리에 앉아 어머니는 수줍게 웃으며 말했다.

"그러셨어요? 하긴 저도 처음 유가족분들 뵈러 갈 때 얼마나 긴장했었는지 몰라요."

처음 안산 분향소를 찾던 날은 아직 매서운 겨울바람이 나뭇가지를 흔들어 대던 1월이었다.

우연히 선물로 받게 된 목도리에서 2학년 4반 준혁이의 이름을 알게 되고 나는 3반과 4반을 맡겠다고 자청했다. 노란색 목도리를 선물해 준 준혁이 엄마가 보고 싶어서였다. 열흘에 한 번씩 반별로 돌아가며 분향소를 지키는 부모님들께 처음 약전을 설명하러 갔던 날. 승묵이 아버님이 친절한 미소로 준혁이 어머니를 소개시켜 줬고 우리는 웃으며 서로를 안아 주었다.

약전을 설명하고 신청을 받고 작가를 배정하고 취재 상황을 점검하며 안산에서 광화문에서 함께해 온 시간들이 어느새 일 년이 다 되어 간다. 처음 그날부터 따뜻하게 맞아 주셨던 부모님들의 도움으로 우리 3반과 4반은 한 분도 빠짐없이 약전에 참여할 수 있었다.

"오늘 만나서 반가웠어요."

"네, 어머니 저도 반가웠어요. 그런데 우리 아이 약전 검토 힘들더라도 해 주시면 안 될까요?"

얼마 전 그녀를 담당했던 작가에게서 연락이 왔다. 약전 초고는 완성했는데 어머니가 검토를 안 하겠으니 그냥 제출하라고 하셨다는 내용이었다.

"인터뷰도 쉽지 않으셨을 텐데 약전 검토하면서 또 힘드실 것 알아요. 하지만……"

"원고 보내 주세요. 읽어 볼게요."

"고맙습니다."

"고맙긴요. 힘들더라도 우리 아이 이야기인데 해 봐야죠."

며칠 후 이메일을 확인해 보니 드디어 마지막 원고가 들어와 있었다. 부모님의 검토를 기다리느라 마감일을 훌쩍 넘기고 작가는 지난 2주일간 내내 애를 태웠다. 인터뷰 약속을 잡고 막상 약속한 날이 다가오면 미뤄지는 경우도 종종 있었다. 부모님은 그리운 아이의 이야기를 하는 것이 너무 힘들고, 작가는 떠난 아이의 생을 글 속에서 복원시켜 내는 것이 너무 힘들었다. 그렇게 진통 끝에 완성된 초고를 검토하는 데 한 달이 넘게 걸린 경우도 있었다. 그 모든 과정이 이제 끝났다. 지난 주말 함께 반 모임을 다녀오며 키다리 작가님이 말했다.

"힘들었지만 내내 아이들이 도와주고 있다는 생각을 했어요. 나는 이 글을 쓰며 다섯 명의 천사 친구를 만나게 되었으니 참 행운이네요."

내게는 이 책을 만들어 준 작가님들도 모두 함께 작업하는 내내 천사처럼 고마운 존재였다.

교육청 회의실에서 약전발간위원들이 모여 첫 회의를 하던 날 4.16 가족협의회 대표로 참석한 예은 아버지는 말했다.

"이 책이 계획대로 나온다면 그것은 기적일 겁니다."

이제 남은 몇 가지 작업을 거쳐 이 책이 세상에 나온다면 우리는 그 기적을 이뤄 내는 것이다.

'산 사람은 살아야지'라는 말로 행해지는 온갖 방해 속에서 기억마저 투쟁이 되어야 하는 세상이다. 우리가 만들어 낸 이 작은 기적이 기억을 지켜 내는, 그래서 세월호 참사의 진상을 꼭 규명해 내고 안전한 사회, 밝은 미래를 꿈꿀 수 있는 사회를 만드는 더 큰 기적으로 이어지기를 소망한다.

'깨끗한 슬픔'을
위하여

유시춘

소설가, 전 국가인권위원

때로 인류 역사에는 인간의 이성으로는 도저히 믿을 수 없는 일들이 일어났다. 중세기 이전에는 말할 것도 없지만 인간의 이성과 윤리가 눈뜨고, 예술과 학문이 융성하기 시작한 근세 이후에도 침략과 전쟁, 제노사이드 등은 끊이지 않았다. 놀라운 것은 대부분이 문명사회에서 발생한 점이다. 무력을 앞세운 제국들이 지구 표면을 남김 없이 식민지로 나누어 갖고, 피부색이 다르다는 단 하나 이유만으로 흑인 노예를 사고팔고, 그들을 말하는 짐승으로 취급한 일들은 20세기까지 지속되었다. 하물며 나치의 대량 학살에 이르름에랴!

이들은 중세의 마녀사냥보다 훨씬 더 폭력적이었다. 문명사회에 버젓이 존재하는 이러한 야만성은 그야말로 '비동시성의 동시적 전개'일 것이다.

2014년 4월에 우리 사회도 이와 비견해 조금도 뒤지지 않은 후진성을 목격했다. 전 국민이 지켜보는 바로 눈앞에서 벌어진 일임에도 도무지 아직도 믿지 않는 4.16 참사가 그러하다.

1945년 2차 대전의 피비린내가 진동하는 초토 위에서 인류는 비로소 깨달았다. 인간은 그 어떤 이념의 수단이 아닌, 자체로 존엄한 존재임을. 국민 국가는 구성원의 자유와 권리를 지켜 줘야 한다는 진리를. 국가가 국민의 자유와 안전을 수호하지 못할 때, 그것은 단지 한정된 영토 위에 군림하는 폭력 기구일 뿐임을.

이러한 늦은 자각 위에 유엔이 출범하고 〈세계인권선언〉을 채택하게 된다. 실로 문자를 쓴 이후의 가장 아름답고 놀라운 사건이다.

대한민국은 이 점에서 행운이었다. 출범과 동시에 선진 문명사회의 헌법을 들여와서, 국민의 자유와 권리를 명시하고 모든 차별을 금지했다. 심지어 여성의 투표권도 거저 얻을 수 있었다. 모두가 유엔과 인권선언 덕분이었다. 그리고 온갖 간난신고를 겪으며 오늘의 '산업화', '민주화'를 이루어 낸 성공 신화를 창조했다.

4.16 참사는 세계 10위권의 경제 규모를 자랑하고, 매년 선거를 평화적으로 치르는 민주주의 국가에서는 결코 일어날 수 없는 변고였다. 실시간으로 꿈나무들이 수장당하는 장면을 생중계로 지켜보는 나라가 대체 어디에 있는가? 국가는 과연 그 재난의 시간에 존재했는가? 이 참사에 기성세대인 내 몫의 책임은 정녕 없는가?

속수무책, 수수방관만 할 수 없는 이유가 있었다. 나는 1970~80년대 15년간 딱 그 나이의 아이들에게 국어와 문학을 가르친 교사였다. 내가 할 수 있는 일은 짧았던 아이들의 삶을 저장해 두는 일이었다. 그들이 어떤 꿈과 절망을 부여안고 이 시대를 살았는지 기록해 두고 싶었다.

다행스럽게 많은 여성 작가들이 자원했다. 당연한 일이다. 그들은 모두 생명을 낳아 보듬고 기르면서 희비의 계곡을 수없이 헤매이는 엄마들이 아닌가?

학생들을 맡은 작가들이 대부분 정해질 즈음에 나는 교사들 집필을 자원했다. 그날 침몰하는 배 위에서 그러했듯 교사는 아이들을 다 살핀 연후에 끄트머리로 하는 게 순리였기 때문이다.

내가 들여다본 세 분 젊은 여교사 역시 아이들의 누나뻘인 이십대였다. 그들의 짧았던 삶을 되짚어 보는 기간에 많이 울었다. 맛난 술을 즐기고 사랑을 찾는 데 적극적이었던 발랄 상큼한 삶은 그래서 더욱 가슴 아렸다. 운명적인 트라우마로 회색빛이었던 청춘은 그래서 또 더더욱 가슴이 시렸다. 그 이십대 여성들은 참사 이후 두어 번 그들의 엄마에게 꿈으로 찾아왔다. 딸이 안겼던 그 가슴팍을 오래 보존하려고 엄마는 일주일간 몸을 씻지 않았다.

글을 쓸 때와 마찬가지로 다 쓴 이후에도 그녀들은 여러 날 동안 내 몸속에서 떠나지 않았다. 그중에 하나는 남이 모르는 약혼자가 있었다. 그는 잃어버린 사랑을 더듬어 약혼녀가 참사 직전에 여행했던 스페인을 그녀가 걸어갔던 그 길 그대로 되짚어 걷기도 했다. 눈이 동그란, 착하디착하게 생긴 청년이었다.

아직 세월호 어느 구석에선가 깊고 어두운 바닷물에 잠겨 있는 선생님의 아내를 설득하는 일은 무척 힘들었다. 그들의 부부애는 살뜰하고 달콤한 바가 많았다. 그 아내는 약전 작업의 구술을 간청하는 내게 말했다.

"그이는 수학여행에서 아직 돌아오지 않았어요. 근데 국가가 왜 이렇게 죽음을 독촉하나요?"

맞는 말이었기에 나는 더 이상 한마디도 보탤 수 없었다. 그 아내의 말이 오래 내 가슴을 후비는 듯했다.

새삼 놀란 일은 교사 모두가 너무도 훌륭하고 성실했다는 사실이다. 나는 스스로 혹독하게 반성했다.

'아, 나는 결코 좋은 교사가 아니었구나.'

어딘가에서 이제는 중년의 고달픈 삶을 살고 있을 제자들에게 처음으로 한없이 미안했다. 그 애들에게 무성의했던 젊은 날의 내 교사로서의 행적이 부끄럽고 후회스러웠다. 속죄하라는 듯이 기회가 온 것일까? 자연스럽게 학생의 약전도 쓰게 되었다. 어린 나이에 부모 품을 떠나 이역에서 성장한 그 아이의 외로움과 서러움도 내 마음에서 며칠간 동거했다. 집필 완료 후에 나는 그 애가 내 몸에서 빠져나갈 즈음에 가만히

　　　　　　　　　　　　　　　　　　'깨끗한 슬픔'을 위하여

그 애 귀에 속삭였다.

'애야, 하늘에서 부디 잘 지내렴. 그리고 다음 세상에서는 부모와 헤어지지 말고 꼭 찰싹 들러붙어서 살아야 해.'

밀란 쿤데라가 창조한 '기억 투쟁'이라는 말은 이제 보편적인 개념이 되었다. 기억 투쟁은 지속적이고 집요해야만 효력을 가진다. 인간은 망각의 동물이기 때문이다. 망각은 대체로 생존을 위한 필연적 기술이다. 그러니 기억한다는 것은 고통스럽다. 모든 슬픔과 고통은 바르게 잊혀져야 할 운명이다. 그러지 않고는 인간의 행복이 불가능하기에.

기억 투쟁은 이러한 인간의 본성과 운명을 거슬러 오르는 '불편한 진실'에의 고단한 여정일 수밖에 없다.

만약에 나치의 만행, 홀로코스트의 참상을 기억하기 위한 문학, 영화, 다큐 등이 없었다고 가정해 보라. 인류는 쉬이 그 야만과 폭력의 역사를 잊어버렸을지도 모른다.

독일 정부가 영화 〈쉰들러 리스트〉를 모든 청소년에게 의무적이다시피 관람케 하는 일은 은연중에 그 사회의 품격을 알리는 게 아니겠는가. 나는 그들이 부럽다.

역사는 기록하는 자의 손에서 탄생한다. 《삼국사기》와 《삼국유사》는 기록의 주체가 누군가에 따라서 역사의 형태와 빛깔이 어떻게 달라지는지 극명하게 보여 주는 예이다. 누구나 기록할 수 있다.

'왕조실록'과 '용비어천가'가 역사의 한 단면이듯이 고단한 민중의 소망이 응고된 채 전해 오는 구전 영웅 이야기 또한 역사이다. 이방원의 〈하여가〉, 정몽주의 〈단심가〉가 문학이듯이 왕조 말기에 이름 없는 평민 부녀자들이 쓴 사설시조와 평민으로 추정되는 이가 남긴 소설들 역시 우리의 빛나는 문학이다.

나는 우리 민주주의의 원년을 이룩한 1987년 6월 민주항쟁의 기록을 그 20주년 되던 해에 총 5권으로 엮은 바 있다. 산업화의 기록은 정부 문서 창고에 차고 넘치지만 민주화의 기록은 빈곤하다. 메모 한 장 때문에 감옥 가는 일이 허다했으므로 민주화 역사는 기록보다는 오히려 기록 소각의 역사일 수밖에 없었다. 민주화 이후 보강된 기록으로 인해 1980년 5.18에서 1987년 6월로 비등해 가는 민주화 역사는 기록에 관한 한 낙제점은 면했다 할 수 있을 것이다. 그러나 이마저도 정부가 아니라 민간이 수행한 일이다.

4.16 참사는 물론 이 두 주제와는 멀어 보일 수 있다. 그러나 이 사건은 우리에게 준열히 묻는다. 과연 '국가란 무엇인가?'라고.

매우 근원적이고 중요한 외침이다.

이에 호응하는 여러 작업 중에서 우리는 희생자들의 삶을 복원하기로 했다. 부족하고 불완전한 대로 이 시대를 새긴 프레스코화를 남기고자 함이다. 역사적 사건의 뒤안길, 표피의 심층에 접근하고자 했다. 분별과 판단은 후세가 할 것이다. 다만 동시대를 살고 있는 운명 공동체의 구성원으로서 최소한의 의무를 수행하고자 했다.

이른 봄 새순처럼 파릇한, 순수하고 열정 넘쳤던 그 이루지 못하고 스러져 버린 꿈들에게 유재영 시인의 〈깨끗한 슬픔〉을 바친다. 생명 다하는 날까지 그들을 가슴에 묻고 다닐 어머니들께도. 아울러 약전 집필 도중에 서둘러 하늘로 가 버린 고(故) 임채영 작가의 명복을 빈다.

눈물도 아름다우면 눈물꽃이 되는가
깨끗한 슬픔되어 다할 수만 있다면
오오랜 그대 별자리 가랑비로 젖고 싶다
새가 울고 바람 불고 꽃이 지는 일까지
그대 모습 다 비추는 거울이 되었다가
깨끗한 슬픔 하나로 그대 긴 손 잡고 싶다

추모할 수 없는
슬픔

이성아

소설가

"다른 사람을 이해하려면 그 사람의 모카신을 신고 3년을 걸어야 한다."

다른 사람을 이해하는 것이 이토록 어렵다는, 인디언의 말이다. (그러니까 이해하려고 하지 말자고 결심하는 사람들은 설마 없겠지.) 민들레 홀씨처럼 홀로 살아갈 수 있는 사람이라면 상관없겠지만, 우리 모두는 얼마나 긴밀하게 연결된 존재들인가. 그러므로 아무리 어렵다고 해도 그 노력을 멈출 수는 없다. 온전히 이해하기 어렵더라도 그 사람의 신발을 가만히 신어 보는 일, 그것이 역지사지(易地思之)일 것이다.

2014년 4월 16일, 나는 일본 교토로 가기 위해 김해공항에 있었다. 보딩 패스를 받고 출국장으로 나가려던 나는 텔레비전 앞에서 발걸음을 멈췄다. 거꾸로 뒤집혀 밑바닥을 드러낸 배와 그 주위를 도는 헬기, 숨 가쁜 앵커의 목소리, 그리고 담요를 뒤집어쓴 학생들이 배에서 내리는 장면들이 어지럽게 반복되고 있었다. 가슴이 철렁 내려앉았지만, 수습이 되고 있다는 보도에 안도의 한숨을 내쉬었다. 수학여행 가던 학생들이 불의의 사고를 당했구나, 하지만 저렇게 구출되고 있구나, 곧 모두 구출되겠구나, 기대하던 수학여행은 망쳤지만 그나마 다행이구나, 생각했다.

텔레비전 앞을 떠나면서 나는 믿어 의심치 않았다. 사고는 일어날 수 있지만, 우리에게는 든든한 해군과 해경이 있으니 모두 안전하게 구출될 거라고 믿었다. 우리의 정부가, 훌륭한 장비와 잘 훈련된 해군과 해경이 우리들 미래의 기둥들을 그리 허망하게 보낼 거라고는 눈곱만큼도 생각지 않았다.

몇 해 전, 인도양 한가운데에서 컨테이너선이 폭발하는 사고가 있었다. 대양 체험을 위해 작가들 몇 명이 타고 있었는데 그중에 나도 끼어 있었다. 서해 앞바다가 아니라 인도양이었다. 63빌딩만큼 거대한 배에는 컨테이너 5천 5백 개가 실려 있었는데, 그중 하나가 폭발했다는 건 나중에 알게 된 사실이었다. (그것은 홍콩에서 실은 컨테이너인데, 돈 좀 아끼려고 위험물 신고를 하지 않는 바람에 선원들의 관리가 소홀했고 결국 폭발하기에 이르렀다는 것을 영국 로이드보험사가 밝혀냈다. 이처럼 모든 사고는 룰을 지키지 않아서 일어나는 것이다.) 처음에 우리들은 해적이 쏜 바주카포에 맞았다고 생각했다. 하여간 시속 25노트로 달리던 거대한 배가 하늘이 두 쪽으로 갈라지는 것 같은 굉음을 내면서 멈췄고 동시에 시커먼 연기와 불길이 치솟았다. 컨테이너 안에 들어 있던 온갖 인화성 물질에 불길이 옮겨 붙으면서 연쇄적인 폭발이 일어났고 어떤 컨테이너는 로켓처럼 솟구쳐서 날아가기도 했다. 어마어마한 열에 컨테이너와 배의 난간 같은 쇳덩어리들이 촛농처럼 녹아내렸다. 말 그대로 어디로 불똥이 튈지 모르는 긴박한 상황이었다. 처음엔 브릿지로 모두 대피했는데 망망대해 툭 터진 바다 위에서도 매캐한 연기 때문에 질식할 것 같았다. 다시 선수로 내려갔다. 그곳은 아직 잠잠했다. 한 시간쯤 지나자 SOS를 듣고 달려온 배가 몇 척 멀찌감치 보였지만 선뜻 다가오지 못했다. 그대로 수심 4천 미터 인도양에 수장된다고 생각했다. 속으로 가족들에게 작별 인사를 했다.

그런데 네덜란드 함선에서 작은 보트를 보냈다. 우리는 줄사다리를 타고 침착하게 배를 내려갔다. 선미에서는 아직도 컨테이너들이 폭발 중이었고, 그것이 언제 배의 연료 창고와 기관실로 번질지 알 수 없었다. 당연히 선장은 기관장과 함께 제일 나중에 배에서 퇴선했다.

그곳에는 정부도 없고, 누군가 우리를 구해 줄 거라고 믿고 기댈 만한 그 무엇도 없었다. 다만 위험에 처한 생명을 구해야 한다는, 누구도 강제하지 않는 지극히 보편적인 인류애가 있었을 뿐이다. 그렇게 인도양 한가운데에서도 살아서 돌아왔다. 머리카락 하나 다치지 않고서. 배는, 그 뒤로도 열흘 가량을 바다 한가운데에 뜬 채로 불탔다고 한다.

세월호가 왜 그렇게 급작스럽게 가라앉았는지도 의문 중에 의문이다. 모든 것이 명쾌하게 밝혀지면 의문은 사라진다. 의문이 사라지면 갈등도 사라진다. 사랑하는 사람이 곁을 떠났을 때 가장 절실한 것은 조용히 혼자만의 시간과 공간 속에서 떠난 이를 추모하는 것이리라. 길거리로 나가서 데모를 하고 투쟁하는 건 유가족들이 바라는 게 아닐 것이다.

세월호 유가족들을 만나 아이들의 이야기를 듣고 짧은 글을 쓰는 일은, 역지사지를 해 보려는 노력의 첫발을 간신히 떼는 것이었다. 약전 집필이 끝난 지금도 나는 그들의 심정을 조금이나마 이해할 수 있다고 감히 말할 자신이 없다.

솔직히 고백하면, 유가족들을 만나는 게 두려웠다. 그 참척의 슬픔을 헤아릴 길이 없었다. 전화번호를 받았지만 번호를 눌렀다가 끄고 눌렀다가 끄기를 몇 번이나 한 끝에 간신히 통화를 했고, 약속 날짜가 다가올수록 가슴이 먹먹해지면서 그곳까지 가는 길이 천리 먼 길처럼 느껴졌다. 그리고 마침내 현관 앞, 벨 앞에서 서성거리기를 한참, 피할 길 없이 문이 열리고 나를 맞아 주는 어머니, 아버지, 형제자매들.

낯선 이에게 떠난 아이 이야기를 털어놓는 일이 그들인들 두렵지 않을 리 없다. 피하고 싶었을 것이다. 그것이 과연 아이들을 위한 일인지 누구도 확신하지는 못했다. 다만 이렇게나마 아이들의 이야기를 남겨야 한다는 당위가 컸을 뿐이다.

　무슨 말을 어떻게 해야 할지, 어디서부터 이야기를 시작해야 할지 막막했다. 아무리 고르고 골라도 말을 찾을 수 없었다. 시작은 언제나 쉽지 않았다.

　아이의 체취가 물씬 풍기는 방에 가만히 앉아 있노라면 머릿속이 하얗게 비어 버렸다. 책상에 앉아서 공부하는 모습이 보이는 것 같고, 엄마에게 간식을 달라고 투정부리는 소리가 금방이라도 들려올 것 같았다. 그런 아이의 사진에 까만 리본이 붙어 있는 걸 받아들이는 것도, 쳐다보는 것도 힘겨웠다.

　시작도 어렵지만 말을 끝내는 것도 쉽지 않았다. 어머니들은, 그리고 아버지들은 누구보다 말을 하고 싶었을지 모른다. 우리 아이가 어떤 아이였는지, 얼마나 사랑스러웠는지, 그 아이를 왜 볼 수도 만질 수도 없는지, 아이와 더불어 무엇을 하려고 했고 무엇을 해 주려고 했으며 무엇을 꿈꾸었는지, 그리고 무엇이 가장 후회스러운지, 무엇 때문에 잠 못 들고 무엇 때문에 서성이며 무엇 때문에 가슴이 터질 것 같은지, 어느 날 갑자기 벌어진 이 상황을 이해할 수도 납득할 수도 없다고 하소연도 하고 위로도 받고 싶었을 것이다.

　그들은 아직 제대로 슬픔을 통과하지 못했다. 몸과 마음을 내려놓고 마음껏 슬퍼하고 눈물 흘리지 못했다. 아직은 추모할 때가 아니라는 내적 저항이 마음 저 밑바닥에서 꿈틀대고 있기 때문일 것이다.

　부모님들과 이야기를 하다가 문득 이상한 기분에 휩싸일 때가 종종 있었다. 나는 아이를 한 번도 만난 적이 없다. 아이의 사진과 손때 묻은 책상과 컴퓨터와 옷과 신발과 악기를 보았을 뿐이다. 그런데 어머니, 아버지와 이야기를 하다 보면 어느 순간 "저 분들은 왜 자기 이야기를 하고 있을까?" 이런 생각이 드는 것이다. 그리고 머리를 후려치듯이, 그렇구나, 부모와 자식이란 그런 것이로구나 하고 깨닫는 것이다. 그것은 부모와 자식에 대한 온갖 정의를 뛰어넘는 눈부신 현현이었다.

그보다 더욱 눈부신 것은 아이들의 존재 그 자체였다.

아이들 한 명 한 명은, 이제 막 알을 깨고 나오던 참이었다. 아이에서 한 사람의 성인으로, 개인으로, 단독자로 우뚝 서려던 참이었다. 이야기를 듣다 보면 그 모습이 손에 잡힐 것처럼 뚜렷하게 다가왔다. 아이들은 이루 말할 수 없이 순수했고 아름다웠다.

취재를 하면서 내가 어른이라는 게 혀를 깨물고 싶을 만큼 부끄러웠다. 어른들의 계산속과 속물근성, 위선, 기득권을 지키려는 알량한 변명과 거짓말 잔치에서는 악취가 풍겼다.

언젠가 조카가 내게 물었다.

"이모, 단원고 애들은 왜 그렇게 하나같이 착한 거예요?"

나도 그게 궁금했다. 생각해 보니, 우리의 십대들은 다들 그렇게 착하고 순수하다. 다만 어른들이 만들어 놓은 가치 질서에 짓눌려 숨을 쉬지 못하고 있을 뿐이다. 그러나 위기의 순간에 본성은 그대로 드러나는 법. 한 번도 더럽혀진 적이 없는 아이들은 생과 사의 갈림길에서조차 자기보다는 다른 사람을 먼저 생각했던 것이다. 그렇게 아이들은 더럽혀질 시간도 없이 가 버린 것이다.

'어린이는 어른의 아버지'라고 했던 윌리엄 워즈워드의 시구가 통렬하게 가슴을 후벼 파는 세월이다.

추모할 수 없는 슬픔

세월호와 약전,
그리고 해피엔딩

임정자
동화 작가

팽목항에 '기억의 벽'을 만드는 일로 2015년 5월까지 정신없이 바빴다. 3월에 청운동에서 어머니들을 만나 인사를 드리기는 했지만 인터뷰 진행은 엄두를 낼 수 없었다. 결국 기억의 벽 작업이 마무리 될 즈음에야 어머니들을 만났다. 그게 5월이었다.

어머니들을 만나기에 앞서 인터뷰할 내용부터 정리했다. 원고지 40매밖에 안 되는 약전이라고 해도 한 인물의 생애를 담는 이야기인지라 알아야 할 것들이 많았다. 언제 어디서 태어났고, 어떤 분위기 속에서 자랐으며, 어떤 일에 기쁨을 느꼈고, 슬프거나 화날 때는 어떻게 반응을 했는지. 또 무엇을 중요하게 생각하고, 무엇을 고민했으며, 무엇을 꿈꾸었는지. 그리고 그러한 것들을 드러내 주는 에피소드로는 무엇이 있는지 등등. 이번 약전에서 작가가 발휘할 수 있는 상상력은 지극히 제한적이니 최대한 많은 정보를 확보하는 게 필요했다.

그런데 자꾸 브레이크가 걸렸다. 약전은 한평생을 여한 없이 살다 떠난 이의 인생사를 쓰는 일이 아니지 않나? 즐거운 수학여행길에서 난데없이 사고를 당하고, 황당하게도 국가가 구조를 하지 않아 차갑고 어둔 바닷속에서 별이 된 아이들의 짧은 삶을 이야기하는 것이 아닌가. 게다가 당장 인터뷰할 사람은 그 아이의 엄마이고 친구들이었다. 자꾸 한숨만 나왔다. 인터뷰도 좋지만 일단 '사람'부터 만나야 한다는 생각이 들었다. 나는 정리하던 인터뷰 내용을 덮었다. 그리고 다음 날 아침, 장화를 신고 텃밭으로 내려가 상추와 쑥갓을 돌려 뜯어 작은 종이 상자에 담았다. 점심에 지혜 어머니와 채소비빔밥이나 해 먹어야지 했다.

그러나 집에 도착해 보니 지혜 어머니께서 이미 수제비를 준비해 놓고 기다리셨다.

수제비를 먹는데, 문득 지혜도 이 수제비를 먹고 키가 자라고 그렇게 반짝거리는 웃음을 지었겠구나 하는 생각이 들었다. 울컥 뜨거운 것이 올라왔다. 약전 인터뷰라는 게 늘 그랬다. 즐거운 이야기를 들으면 듣는 대로 뜨거운 것이 올라오고, 사진을 보면 보는 대로 마음 아프고 또 억울했다. 보고 듣는 내가 이런데 이야기를 풀어 놓는 어머니 마음은 오죽했을까.

어머니를 만난 뒤에는 지혜가 어릴 때부터 다녔던 성당에서 친구들을 만났다. 입시 공부로 마음의 여유가 없을 아이들이 선뜻 시간을 내준 게 고마웠다. 친구들은 담담하게 지혜 이야기를 들려줬다.

윤희 어머니 인터뷰는 한 달이 더 지난 후에야 진행할 수 있었다. 지혜 때와 마찬가지로 어머니를 만나고 친구들을 만나 이야기를 들었다. 부족한 것은 친구들과 카톡을 주고받으며 보충했다.

인터뷰를 할 때는 되도록이면 편한 분위기를 만들려 노력했다. 낯선 사람에게 고통스럽게 떠나간 아이와의 추억담을 펼쳐 놓는 게 어디 쉬운가. 조심스럽고 힘든 만큼 편한 분위기가 필요할 거 같았다.

친구들은 대부분 담담하게 이야기를 들려줬다. 묻는 말에 오래 전 기억을 더듬기도 하고, 당장 떠오르지 않는 것은 며칠이 지나서라도 카톡으로 알려 주었다. 친구들의 이런 모습은 내겐 무척이나 다행이고 고마운 일이나 이 능동이 아픔을 삼킨 그리움의 표현임을 왜 모르겠는가.

다른 약전 작가의 이야기를 들어 봐도 그렇고, 내가 만난 아이들도 그렇고, 4월 16일 이후 가위에 눌리거나 희생된 친구의 꿈을 꾸거나 우울증을 겪는 아이들이 많았다. 예상 못 한 일은 아니지만, 내 앞에 앉아 있는 아이가 그런 이야기를 하니 문제가 더 심각하게 다가왔다.

사실 나도 지난 일 년 동안 숱하게 꿈을 꾸었다. 교복을 입은 아이들이 찾아와 쉬고 싶으니 팔베개를 해 달라고 하고, 창밖에 서서는 슬픈 눈길로 창 안에 있는 나를 바라보기도 했다. 꿈에서 깨어나면 몸과 마음이 모두 아프고 슬펐다. 아무 연이 없는 나도 이런데, 늘 함께 웃고 뒹굴던 친구를 잃은 아이들은 오죽할까.

내가 만난 아이들은 극히 소수이지만 얼마나 많은 아이들이, 사람들이 끔찍한 고통과 트라우마에 시달리고 있을까. 희생자 가족은 가족대로, 생존자는 생존자대로, 그들의 친구는 친구대로 평생 짊어지고 가야 할 고통과 트라우마! 참사의 주범인 자본과 권력은 꿈쩍 안 한다 해도 우리는 어떤 식으로든 함께 나누고 보듬으며 치유의 길을 가야 한다. 입시가 끝나면 생존 학생, 친구들과 함께 다시 한번 기억의 벽을 세울까. 그거라도 해야 하는 건 아닐까 혼자 생각해 봤다.

인터뷰가 끝난 뒤에는 틈나는 대로 사진을 들여다보고 녹취한 걸 재생해 들었다. 아이들이 좋아했던 대중가요를 다운받아 듣고, 랩을 흉내 내 보고, 춤을 따라 춰 보기도 했다. 좋아하는 배우들이 출연했던 드라마는 다시 보기로 시청했다.

지혜와 윤희가 다닌 학교를 둘러보고, 친구들과 재잘대며 걸었을 등굣길과 친구들과 놀러 나갔던 거리들을 거닐어 보았다. 시간이 갈수록 아이들의 모습이, 삶이 내 안에서 또렷하게 살아났다. 그러나 막상 글을 쓰려고 하면 쓸 수가 없었다.

40매라는 짧은 원고지에 아이들 이야기를 다 담을 수 없어 고민스러워 그런 점도 있지만 무엇보다 나를 괴롭힌 것은 아이들이 내 안에서 뚜렷이 살아날수록 어김없이 뒤따라오는 생각 때문이었다. '이 아이들은 이미 일 년 전에 차가운 바닷속에서 별이 되었지. 나는 결코 이 아이들을 만날 수 없지.' 글을 쓰려고 하면 감당할 수 없는 감정들이 내 안에서 어지럽게 출렁거렸다. 나는 자꾸만 노트북을 밀어냈다. 얼마나 힘들었을까? 얼마나 무서웠을까?

지혜는 밝은 아이였다. 윤희는 생각이 깊은 아이였다. 다른 이의 마음을 헤아릴 줄 아는 열정을 품은 아이들이었다. 그것이 너무도 아까웠다. 인생을 펼쳐 보기도 전에 별이 되었다는 것이 억울했다. 오로지 아이들의 생전 모습만 상상하고 그 삶을, 그 표정을 그려 내야지 다짐했는데 자꾸 울음이 꾸역꾸역 올라오고 나는 자꾸 깊은 어둠 속으로 빠져들었다.

그러나 써야 했다. 부끄럽지만 정말이지 나는 가까스로 글을 썼다. 그리고 그 글을 들고 어머니들을 만났다. 당연히 '다시 써 주세요' 할 거라고 예상했다. 그러나 어머니들은 그렇게 말씀하지 않았다. 수고했다며 오히려 나를 위로하고 격려했다. 친구들조차, 우리 친구 예쁘게 써 줘서 고맙다고 했다. 결코 잘 써서는 아니었다. '니 마음 내가 알아' 하는 깊은 마음에서였다.

어떻게 글을 썼건 약전을 쓰고 나니 결과적으로 내 마음속에서 두 아이가 태어났다. 나는 아마 죽을 때까지 지혜와 윤희를 잊지 못할 것이다.

지난 이십 년 동안 나는 대한민국에서 동화 작가로 살아왔다. 동화 작가로 살면서 안간힘을 쓰며 붙잡고 있던 세계가 있었다. 그것은 '마땅히 그러해야 할' 해피엔딩의 세계였다. 하지만 여기저기 부딪쳐 숱하게 균열이 간 위태로운 세계였다. 2014년 4월 16일, 그마저 무너져 버렸다. 나는 계속 동화를 쓸 수 있을 것인가? 숱하게 회의했다.

그러나 기억의 벽을 세우는 동안, 약전을 쓰는 동안 나는 해피엔딩이 무엇인지 비로소 깨달았다. 동화 혹은 민담의 해피엔딩은 가벼운 위안도, 뻔한 결말도, 가능성의 문제도 아니었다. 해피엔딩은 그것 너머에 있는 세계였다. 맨몸뚱이로 잔혹한 현실에

던져진 사람들의 처절한 눈물이 부르는 세계, 한겨울 차디찬 길바닥에서 노숙을 하고, 단식을 하고, 삼보일배를 하며 진실을 위해 저항하는 사람들, 자식 잃은 아픔을 딛고 남의 자식의 미래를 위해 싸우는 사람들에게 마땅히 주어져야 하는 세계인 것이다.

세계가 무너지고 돈과 권력이 사람을 배반하는 세상일수록 꿈꾸어야 하고, 바라보고 나아가야 하는 세계인 것이다. 동화는 결코 낭만이 아니다. 잔혹한 삶을 기억하고 지키는 것. 모든 동화의 시작은 거기에 있었다. 약전 또한 그 길 한복판에 있었다.

시간이 흐르면 세상에는 416, 304 같은 숫자와 세월호라는 배 이름만 남을 테니까. 그러나 참사의 기억은 사람에 대한 기억으로 남아야만이 반복되지 않을 테니까. 우리는 사람을 기억해야 한다.

머물렀던 자리

눈부신 재주는 없어도
야생마처럼 달리는
우리는
단원유나이티드

그때 우린 알았어
공을 뿌릴 때마다
눈부신 하늘을
안았다는 사실을

머물렀던 자리

더운 날엔
바람 좋은 통로에
참새떼처럼 몰려 앉아
네 속과 내 속을 교환한다

입시 정보만 그득한 책장 너머

기울어 스미는 햇살

또 하루가 간다

사실은 그때
네게 고백하고 싶었어
너만 보면 뛰는 가슴 멈출 길 없는
내 마음을 말이야

넌 몰랐을 거야
그날 편의점에서
너와 마주한 채
속절없이 아이스크림만 축내던
그 소녀의 마음을

나무에 기대어
하늘 향해 팔을 벌리면
우리도 나무가 되는
그림자놀이

"드디어 시험 끝났네. 잘 봤어?"
"완전 망했어! 엄마한테 뭐라고 하지?"
"큭 나랑 똑같넹. 아 짱 매운 것 먹고 싶다!"

"외로워질 때는
창문으로 밀려오는 햇살을
손으로 듬뿍 떠서
몇 번이고 얼굴을 적시는 거야"

교과서는 모두에게 똑같아 우리는 평등해
남녀와 범생이 찌질이 구별 없이
그런데 왜 나중에 모두 다르게 될까?
그러니까 사람이지
다 다른 거 말이야

엄마가 사 준 슬리퍼
내 발에 맞다 편하다
엄마는 어떻게 알지?
내 몸 내 입맛 내 마음까지
근데 내 마음의 문을 열고 들어와 앉은
그 소녀 누군지는 모를걸?

머물렀던 자리

선생님 옷자락에서는
가끔 초콜릿 향이 풍겼어
우리에게 줄 초콜릿을 늘 주머니에 넣고 다녔으니까
그래서 선생님 옷을 걸어 둔 옷걸이도
향기를 풍겼지
커피향 박하향 계피향 등등

지숙이가 사알짝 몰래 갖다 놓은 크래커
뭔가 내게 고마운 게 있어서
그게 뭘까?
"내가 힘들 때면 너에게 기댈게"
어제 상담시간에 했던 말이?
그렇고말고!
모름지기 아이들은 사랑과 신뢰를 먹고 자라는 나무!

머물렀던 자리

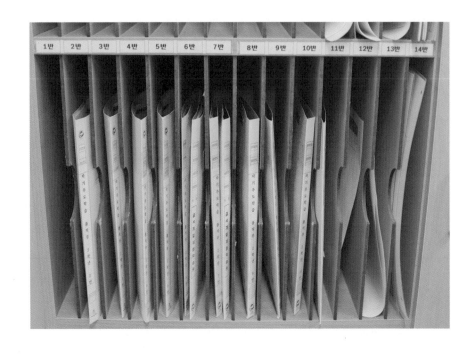

우리 반 철수
가출한 지 일주일 지났는데
어디서 헤매고 있을까? 오늘도 결석
우리 반 영희
부모 소식 끊어진 채 할머니와 사는데
오늘도 편의점 알바하겠네
날은 추워지는데 둘 다 별 사고 없어야 할 텐데
출석부 보면 맨 먼저 생각나는 아이는 누굴까?

배를 저어 가자! 저 험한 물결 넘어 푸른 제주로!!

노래하고 춤추러 가자!

내 청춘 고딩 시절 최고의 날

빈 가방 빈 몸

빈 가슴으로 가리

기다려라 내가 간다

가긴 가야 되겠지?
나를 만드는 건 오직 나!
목표가 있으니 걸어갈 뿐
나를 이기고 어느 곳이든 갈 수는 있는 것일까

물 햇볕만 있으면
자라고 자라
자기가 이를 수 있는 곳까지
자라는 법이라는 걸
너로부터 배운다
푸르른 날 푸른 잎이 좋다

머물렀던 자리

조선 독립 만세!
내가 그때 그 사람이라면 멋지게 이끌 것인데
아무튼 나라는 내가 지킨다
아버지 어머니 누나 동생의 보금자리이니까
폼 나는 사진 하나는 찍어 둬야겠다

틀 지워진 공간에서
틀에 짜인 도형을 딛고
틀에 짜인 수업을 받고 있지만
갇히지 않으리
자유롭게!
나 그리고 우리 제각각 제멋대로 빛난다

머물렀던 자리

포도나무에 포도 열리면
선생님 한 알
친구도 한 알
나도 한 알
새도 한 알
곤충도 한 알
나비도 한 알

저거 읽었니?
나는 아직
방학 되기 전에 꼭
학년 바뀌기 전에 꼭
꼭꼭
읽어야지 했는데
언제 읽지?

머물렀던 자리

빈자리가 왜 이렇게 많아?
왜 이렇게 가지런해?
다들 어디 갔어?
집에 갔어?
아니요
소풍 갔어요
소풍?
어디로?
......

생각난다
워드에 점만 찍어 만든 네 그림
키야
예술이었는데
게임보다
동영상보다
흥미진진했던 네 그림
또 보고 싶다

머물렀던 자리

선생님 있냐? 슬리퍼는? 없는 거 확실해?
그럼 빨리 갔다 와
야 잠깐잠깐
초콜릿만 두고 편지는 빼자
왜?
사랑한다고 썼단 말야
이름도 썼어?
응
망했네
빼라 빼

파랑으론 바다 그리고
노랑으론 나비 그려
칠판 가득 날아가는 나비들
어 하얀 나비도 있네
아하 선생님이구나

머물렀던 자리

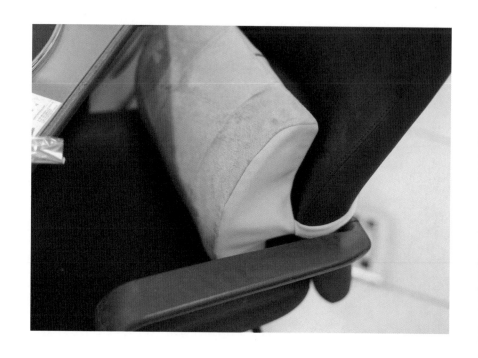

우리 선생님
수업할 때도
복도를 걸을 때도
교문 앞에 서 계실 때도
한 손은 뒷짐이시더니
허리 아프셨구나
그래서 그랬구나
우리 선생님

장비 확인했어?

마이크 테스트는?

아아

하나 둘 셋

하나 둘 셋

잘 들리나요?

오늘은 수학여행입니다

금요일에 돌아옵니다

그때까지 안녕

머물렀던 자리

칠 수 있어?

응 젓가락 행진곡

에이 더 멋진 건?

아 있어 나비야

쳐 봐

솔미미 파레레 도레미파 솔솔솔

솔미미미 파레레 도미솔솔 미미미

축제엔 굿거리
체육 대회엔 자진모리
시험 기간엔 중모리
우리끼린 휘모리
이쪽으로 우르르
저쪽으로 우르르
언제나 함께
어디서나 함께

머물렀던 자리

2013년 입학하고 한 해 동안 잼난 일이 많았어

사월

새 친구들과 교문 앞 벚나무 아래서

사진 찍을 때가 젤 기억에 선명해

우왕! 벚꽃이 팝콘처럼 튀밥처럼 펑펑 터졌어

담임샘 얼굴도 꽃처럼 활짝!

꽃그늘 아래 놀다가

교실로 돌아오면 왠지 어둑해 보였어

정든 우리 교실

머물렀던 자리

낙엽이 비처럼 쏟아지고
창밖 나무들이 맨몸을 드러내면
무릎담요를 덮었지
어릴 적 내 뺨에 닿던 엄마 살처럼 포근한
눈 내리는 날
무릎담요를 덮고 밖을 보면
추위에 맞서는 나목이 거룩해 보였지

춥다
내일부터 기말고사
힘들다
누군가에게 이기기 위해
또는 지기 위해
이 세상에 온 건 아니잖아
각자 색깔대로 살면 안 될까?
우리 모두 다 다른 색깔 옷을 입듯이

머물렀던 자리

어제 주꾸미볶음은 좀 싱거웠어
알감자구이는 버터향이 좋았고
음 내일은 후식으로 아이스홍시가 나오네
좋아
김치버섯전은 누가 뭐래도 울 엄마가 짱인데!

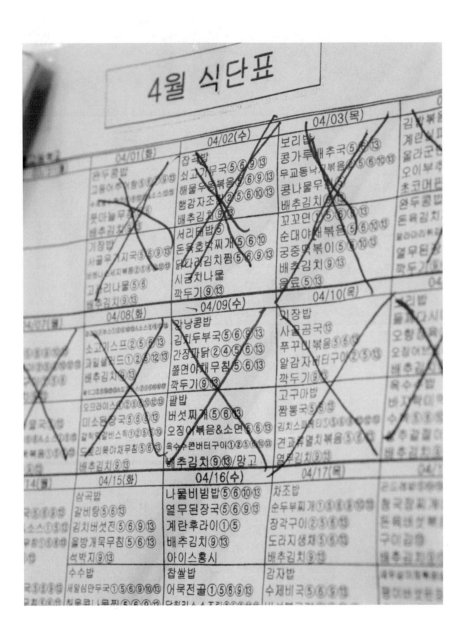

긴 의자

벤치

아득한 옛날 서서 걷는 인간(Homo erectus)에게

가장 필요했던 도구가 아니었을까?

인류에게 가장 오래된 도구

여기에 친구 선생님 엄마 분식집 이모 요구르트 이모도

앉아서 도란도란

어머니
여기 우리들 시선이 샘물처럼 고인 곳에
일층 화단에
우리들 이제는 나비가 되었어요
나비 날개 받쳐 주는
부드러운 바람이 되었어요
그러니 눈물 거두고
늘 밖을 보셔요

"사랑하는 사람아
그리운 사람아
먼 곳에 있는 사람아
아주 먼 곳에 있는 사람아"

머물렀던 자리

경기도교육청 '약전발간위원회'

위원장 | 유시춘
위원 | 노항래 박수정 오시은 오현주 정화진

경기도교육청 약전작가단(139명)

강무홍 강정연 강한기 공진하 권현형 권호경 금해랑 김경은 김광수 김기정 김남중 김동균
김리라 김명화 김미혜 김민숙 김별아 김선희 김세라 김소연 김순천 김연수 김용란 김유석
김은의 김이정 김인숙 김지은 김하늘 김하은 김해원 김해자 김희진 남궁담 남다은 남지은
노항래 명숙 문양효숙 민구 박경희 박수정 박은정 박일환 박종대 박준 박채란 박현진
박형숙 박효미 박희정 배유안 배지영 서분숙 서성란 서화숙 선안나 손미 송기역 신연호
신이수 안미란 안상학 안재성 안희연 양경언 양지숙 양지안 오수연 오시은 오준호 오현주
유시춘 유은실 유하정 유해정 윤경희 윤동수 윤자명 윤혜숙 은이결 이경혜 이남희 이미지
이선옥 이성숙 이성아 이영애 이윤 이재표 이창숙 이퐁 이해성 이현 이현수 임성준 임오정
임정아 임정은 임정자 임정환 임채영 장미 장세정 장영복 장주식 장지혜 전경남 정덕재
정란희 정미현 정세언 정윤영 정재은 정주연 정지아 정혜원 정화진 정희재 조재도 조지영
진형민 채인선 천경철 최경실 최나미 최아름 최예륜 최용탁 최은숙 최정화 최지용 하성란
한유주 한창훈 함순례 홍승희 홍은전 희정

416 단원고 약전
짧은, 그리고 영원한 12권 (그리고)

세월호와 함께 사라진 304개의 우주

초판 1쇄	2016년 1월 12일
초판 3쇄	2018년 3월 20일

지은이	경기도교육청 약전작가단
엮은이	경기도교육청
펴낸이	이재교
책임감수	유시춘
책임교정	양순필
책임편집	박자영
그림	김병하
손글씨	이심
디자인	김상철 박자영 이정은
인쇄	신사고하이테크(주)

펴낸곳	굿플러스커뮤니케이션즈(주)
출판등록	2013년 5월 7일 제2013-000136호
주소	서울시 마포구 동교로17길 51 (서교동 458-20) 4, 5층
대표전화	02.6080.9858
팩스	0505.115.5245
이메일	goodplusbook@gmail.com
홈페이지	www.goodpl.net
페이스북	www.facebook.com/pages/416book

ISBN 979-11-85818-23-8 (04810)
ISBN 979-11-85818-11-5 (세트)

「이 도서의 국립중앙도서관 출판시도서목록(CIP)은
서지정보유통지원시스템 홈페이지(http://seoji.nl.go.kr)와
국가자료공동목록시스템(http://www.nl.go.kr/kolisnet)에서 이용하실 수 있습니다.
(CIP제어번호: 2015035199)」

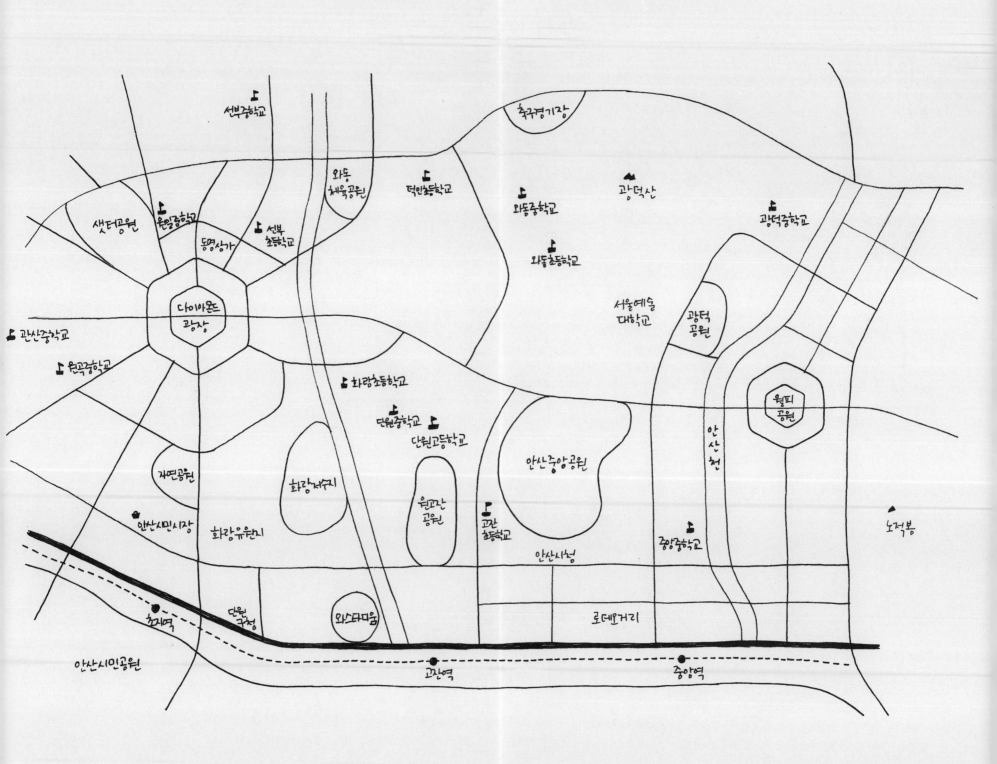

머물렀던 거리

←